Fabian Lenk

Zac & Co – Heiße Fracht am Flughafen

Fabian Lenk, geboren 1963, studierte in München Diplom-Journalistik und ist seit dem Abschluss des Studiums als Redakteur tätig. Zunächst veröffentlichte er Krimis für Erwachsene, sein erstes Kinderbuch folgte im Jahr 2001. Mittlerweile sind bereits über 140 äußerst erfolgreiche Kinder- und Jugendbücher von ihm erschienen. Besonders mit seinen Reihen und Serien hat sich Fabian Lenk eine große Fangemeinde aufgebaut. Er lebt mit seiner Frau und seinem Sohn in Bruchhausen-Vilsen in der Nähe von Bremen.

Daniel Sohr kam 1973 in Tübingen zur Welt, verbrachte jedoch den größten Teil seiner Kindheit und Jugend in Ost-Westfalen. Er studierte in Wiesbaden und Münster Grafikdesign und beschäftigte sich dabei die längste Zeit mit der Illustration von Kinderbüchern. Heute lebt er mit seiner Familie in Charlottenburg in Berlin und arbeitet dort als freier Illustrator in einem schönen Atelier.

Fabian Lenk

ZAC & CO

Heiße Fracht am Flughafen

Mit Illustrationen von Daniel Sohr

Ravensburger Buchverlag

Als Ravensburger Taschenbuch
Band 52525
erschienen 2014

FSC www.fsc.org
MIX
Aus verantwortungs-
vollen Quellen
FSC® C114500

1 2 3 4 17 16 15 14

Originalausgabe

Postfach 18 60, 88188 Ravensburg
Umschlaggestaltung: Daniel Sohr
Logogestaltung: Init, Büro für Gestaltung, Bad Oeynhausen

Printed in Germany
ISBN 978-3-473-52525-6
www.ravensburger.de

Inhalt

Zacs Stadtplan Frankfurt
Hubschrauberlandeplatz in Friedrichsdorf
Main Tower
Flughafen
EISDIELE
Eisdiele am Kornmarkt

Justizvollzugsanstalt I
Goethe-Haus
Bethmannpark
Kaiserdom
HOTEL
Hotel
Römer

Liebe Leserinnen und Leser,

dies ist ein Mitrate-Krimi! Am Ende eines jeden Kapitels bekommt ihr eine Frage gestellt. Die richtige Antwort besteht aus einer Kombination von einem Buchstaben und einer Zahl. Diese tragt ihr in die Liste ein, die ihr hinten in diesem Buch findet. Alle Lösungen zusammen ergeben einen Code, mit dem ihr den Ravensburger Buch- und Spieletresor knacken und tolle Preise gewinnen könnt! Viel Erfolg!

Euer

Fabian Lenk

In der Kontrolle

Alexandru Cenu spürte, wie sein Puls hämmerte.

Bleib cool!, ermahnte er sich. *Alles wird gut. Du darfst nur nicht auffallen.*

Er war am Flughafen von Chişinău, der Hauptstadt Moldawiens. Seinen Koffer hatte er bereits aufgegeben, aber jetzt stand die Kontrolle des Bordgepäcks an.

Das Bordgepäck ...

In Cenus unscheinbarem schwarzen Koffer befand sich Uran, das er in vier je vierzehn Zentimeter hohen Metallzylindern nach Frankfurt schmuggeln wollte. Eigentlich wurden diese Zylinder für einen Zaubertrick verwendet. Ein nettes Spielzeug für kleine Magier, das er im Internet entdeckt hatte. Ideal für seine Zwecke, ideal, um darin das gefährliche Material zu verstecken.

100 000 Euro hatte Cenu von einem Mittelsmann bekommen, damit er die heiße Ware im Flugzeug nach Frankfurt brachte. Falls alles gut ging, würde er dort noch einmal 100 000 Euro bekommen. Von wem, das

wusste Cenu nicht. Die Hintermänner waren stets im Verborgenen geblieben. Keine Namen, keine Gesichter, keine Fragen. Er selbst war ein Mittelsmann, ein Bote – mehr nicht.

Weitere 100 000 Euro in Frankfurt. Der Uran-Kurier schluckte.

Falls es gut ging …

Vor ihm standen zwei Kaugummi kauende Typen in der Schlange, die sich an der Bordgepäck-Kontrolle gebildet hatte. Es folgte eine vierköpfige Familie, dann ein Mann im Anzug, schließlich ein Rentnerpaar. Die Frau stellte gerade ihre Handtasche in eine graue, flache Wanne, die von einem Mitarbeiter der Fluggastkontrolle auf ein kurzes Förderband gelegt wurde. Ruckelnd verschwand die Wanne in einem tunnelförmigen Gepäck-Scanner. Ein Mann in einer dunklen Uniform starrte auf einen Bildschirm und kontrollierte den Inhalt des Handgepäcks.

Nun schritt die Frau durch ein Tor, das mit Metalldetektoren versehen war. Es gab keinen Alarm. Dann folgte ihr Mann.

Cenu machte einen Schritt vor. Gleich war er an der Reihe. Er begann zu schwitzen. War es in der Abflughalle so heiß oder war das seine verdammte Nervosität?

Sei kein Idiot, entspann dich!

Der Mann im Anzug ging durch das Tor. Wieder kein Alarm, ebenso bei der vierköpfigen Familie. Auch das Bordgepäck in den Wannen blieb ohne Beanstandungen. Niemand musste seine Tasche öffnen, damit der Inhalt von einer stämmigen Frau, die auf der anderen Seite des Scanners stand, nachkontrolliert wurde.

Jetzt war Cenu dran. Mit einem falschen Lächeln schaute er kurz zu dem Mann von der Fluggastkontrolle. Der andere lächelte nicht zurück.

„Heiß heute, was?", fragte der Uran-Kurier, während er den schwarzen Koffer, seine Armbanduhr, den Geldbeutel, die Autoschlüssel und den Hosengürtel in die Wanne legte. Er konnte nicht verhindern, dass seine Finger leicht zitterten.

„Nein", erwiderte der Kontrolleur schroff. „Wie immer. Weitergehen."

Cenu sah dem Koffer hinterher, als er in dem Tunnel verschwand. Er wusste, dass die Durchleuchtungsgeräte auf dem Flughafen von Chisinău – im Gegensatz zu vielen anderen Airports – keine Strahlung messen konnten. Sonst wäre er sofort aufgeflogen.

Mit weichen Knien ging er durch das Tor. Kein Signal, er wurde durchgewinkt.

Gut!, dachte der Kurier erleichtert. *Jetzt nur noch den Koffer …*

„Halt!“ Ein Wort wie ein Peitschenschlag.

Cenu erstarrte.

„Das ist Ihr Koffer, oder?“, schnarrte die Stimme der stämmigen Frau.

Der Kurier nickte, unfähig, auch nur ein Wort über die Lippen zu bringen.

„Aufmachen“, befahl die Frau. „Meinem Kollegen gefällt da etwas ganz und gar nicht.“ Mit dem Kinn deutete sie auf den Mann am Bildschirm.

Cenu gehorchte. Für einen kurzen Moment schloss er die Augen. Jetzt war alles vorbei, jetzt hatten sie ihn!

„Was ist das da?“ Die Frau zeigte auf die vier Zylinder, die jeweils in ihrer Originalverpackung ruhten – Kartons, die vorn ein Fenster aus Plastik hatten. Es hatte Cenu einige Mühe gekostet, die Zylinder mit dem brisanten Material zu füllen und wieder in die Verpackung zu stecken.

„Nur Spielzeug“, sagte der Kurier. Seine Stimme klang merkwürdig schrill. „Für die vier Kinder meines Bruders in Frankfurt. Sie machen gerne Zaubertricks.“

Die Frau hob eine Augenbraue. „Zaubertricks?“

„Ja, man kann in den Zylindern Gegenstände verschwinden und wieder auftauchen lassen: bunte Tücher zum Beispiel. Wirklich reizend." Cenu schenkte auch der Frau ein falsches Lächeln.

Ein verächtliches Schnauben war die Reaktion. Die Kontrolleurin hob einen der Zylinder aus dem Koffer, drehte und wendete ihn.

Nein!, schrie der Kurier in Gedanken. *Leg das Ding zurück!*

Noch ein Schnauben, dann ließ die Frau das angebliche Spielzeug zurück in den Koffer fallen. „Weitergehen!"

Schnell – aber nicht zu schnell, um sich nicht verdächtig zu machen – schloss der Kurier den Koffer und ließ die Sicherheitsschleuse und die unhöfliche Kontrolleurin hinter sich.

Am Airport

Wie ein gewaltiger, schneeweißer Vogel setzte die Maschine zur Landung an und donnerte mit ausgefahrenen Bremsklappen auf die Bahn zu.

„Gleich ist sie unten!“, rief Zacharias von Ferenci. Alle Welt nannte den Dreizehnjährigen nur Zac. Das war einfacher und klang cooler.

Er stand mit seiner ein Jahr jüngeren Schwester Co, die eigentlich Cornelia hieß, im siebzig Meter hohen Tower des Frankfurter Flughafens. Ihre Eltern Pia und Till hatten sie hierher mitgenommen. Die beiden waren Journalisten und gestern Abend mit ihrem Nachwuchs in der Mainmetropole angekommen. Sie wollten eine Reportage über den gewaltigen Flughafen und die Pläne zu dessen Ausbau machen. Zu solch interessanten Terminen nahmen die Journalisten ihre Kinder häufiger mit, sofern die beiden dadurch keinen Schulunterricht versäumten. Doch jetzt waren Sommerferien.

Bis 2017 sollte, so die Planung, das Terminal 3 am

Frankfurter Airport fertiggestellt werden. Diese Informationen hatten die Ferencis gerade von den Pressesprechern des Flughafens erhalten. Sarah Wollny und ihr Stellvertreter Tobias Sänger hatten die Reporter und ihren Nachwuchs in den Tower begleitet.

„Diese Maschine kommt aus Mallorca!", sagte Wollny, die ein elegantes Kostüm und hochhackige Schuhe trug, und deutete auf einen der vielen Radarmonitore, die von sechs Lotsen überwacht wurden. „Jede Maschine hat eine Kennziffer. In Stoßzeiten landet alle vierzig Sekunden ein Flugzeug in Frankfurt. Landende Maschinen sind auf dem Radar blau markiert, startende Jets haben die Farbe Grün."

Pia machte Fotos, Till schrieb mit.

„Ist ja irre!“, meinte Co. „Wie viele Passagiere kommen denn da zusammen?“

Wollny lächelte. „Pro Jahr sind es rund siebenundfünfzig Millionen Fluggäste.“

„Wow“, staunte das Mädchen.

„Wir transportieren aber nicht nur Menschen, sondern auch jede Menge Fracht“, ergänzte ihr Stellvertreter Sänger. Er war ein freundlicher Typ Mitte zwanzig und trug Jeans und Sakko. „Pro Jahr sind es auf unserem Luftfahrtdrehkreuz etwa 2,2 Millionen Tonnen.“

Co nickte und lauschte einem der Lotsen, der gerade über Funk mit einem Piloten sprach. Schon kam die nächste Maschine runter. Sie war in New York gestartet.

Kurz darauf erteilte der Lotse einem anderen Flugzeug die Starterlaubnis und auf dem Monitor setzte sich ein grüner Punkt in Richtung Gran Canaria in Bewegung.

„Der Lotsen-Job ist enorm anspruchsvoll“, erklärte Wollny den Ferencis. „Man muss sich wahnsinnig konzentrieren und trägt sehr viel Verantwortung. Daher werden die Lotsen auch spätestens alle zwei Stunden abgelöst, damit sie eine Pause einlegen können.“

Co kam das Gewusel auf den Rollfeldern wie ein riesiger Bienenschwarm vor. Das technikbegeisterte Mädchen fand es absolut spannend zu erfahren, wie dieser gewaltige Flughafen funktionierte. Von Wollny hatte Co vorhin gehört, dass hier über 71 000 Menschen arbeiteten, um einen möglichst reibungslosen Flugbetrieb zu gewährleisten.

Zac und Co beobachteten das Starten und Landen noch eine halbe Stunde, während ihre Eltern viele Fragen stellten.

Dann führten Wollny und Sänger die Ferencis vom Tower in das riesige Flughafengebäude. Hier betraten sie zunächst die Abflughalle im Terminal 1.

Mit großen Augen sah Co sich um. Sie befanden sich in einer großen Halle mit grauen, glänzend polierten Fliesen. Viele Passagiere warteten an mobilen Absperrgittern vor den Check-in-Schaltern. Andere hasteten auf dem Weg zu ihren Flügen an Co vorbei. Ein älteres Ehepaar suchte Rat bei der Mitarbeiterin eines Servicepoints. Es herrschte ein ständiges Kommen und Gehen.

Über den Köpfen der Passagiere thronte eine gewaltige Tafel, die aus vier Quadraten bestand. Auf jedem der Quadrate wurden fünfundzwanzig rausgehende Maschinen angezeigt – also insgesamt einhundert Flugzeuge. Ständig wurde die Anzeigetafel aktualisiert.

Mehrere Maschinen starteten gleichzeitig, erkannte Co – nach Warschau, Amsterdam, Paris, Moskau und Seoul. Sie drehte sich um und schaute durch eine große, gläserne Tür auf eine breite Straße, wo sich wartende Taxis aneinanderreihten.

Auch in der Abflughalle schoss Pia ein paar Fotos, während Till den Erläuterungen der Pressesprecher lauschte.

Wollny lotste die Ferencis zu einer Rolltreppe und sie glitten ein Stockwerk tiefer in die Ankunftshalle. Sie gelangten in einen breiten Gang mit vielen Shops, wo man Blumen, Andenken, Backwaren, Getränke und Zeitungen kaufen konnte. Um einen plätschernden Brunnen saßen Leute, die anscheinend auf ankommende Passagiere warteten. Ständig gab es Durchsagen. Auch in diesem Teil des Flughafens herrschte ein unglaubliches Gewusel, und Co musste aufpassen, dass nicht irgendein hektischer Passagier sie über den Haufen rannte.

„Und hier kommen unsere Gäste aus der ganzen Welt an“, sagte Wollny und deutete nach links.

Co schaute in diese Richtung. Elektrische Türen schwangen auf, sobald sich ein Passagier dem Flur näherte, in dem die Ferencis standen. Co erhaschte einen kurzen Blick auf Zollbeamte in grauen Hosen und hellgrünen Hemden. Alle trugen Handschuhe. Einer der Zöllner kontrollierte gerade den Inhalt eines Handkoffers, der auf einem Metalltisch lag. Im Hintergrund waren die Gepäckbänder zu sehen. Dann schloss sich die Tür wieder, bis der nächste Fluggast aufkreuzte.

In diesem Moment bimmelte ein Handy ganz in Cos Nähe.

Sänger kramte in seiner Hosentasche, zog ein Smartphone hervor und meldete sich.

Co warf ihm einen flüchtigen Blick zu und stutzte. Sänger kaute nervös auf seiner Unterlippe. Er sonderte sich ein Stück von den Ferencis ab und hielt sich das rechte Ohr zu, um den Gesprächspartner bei der Geräuschkulisse besser zu verstehen.

Offenbar war der Anruf alles andere als angenehm. Jetzt sagte der stellvertretende Pressesprecher etwas, doch Co konnte ihn nicht verstehen.

„Was ist denn mit dem los?“, rätselte Zac, dem Sängers Nervosität ebenfalls nicht entgangen war.

Weiß nicht, wollte Co gerade erwidern, doch da hielt sie inne. Denn plötzlich ahnte sie, was Sänger so beunruhigte!

„Ach, du Schande!“, rief sie.

Was ist Co aufgefallen?

Schau dir das Bild gut an und notiere den Buchstaben und die Zahl des Quadrats, in dem das entscheidende Detail zu sehen ist! Das ist der Lösungscode für die erste Rätselfrage. Trag ihn hinten im Buch bei der ersten Rätselfrage und im Gesamtcode ein!

5
6
7
8

Ankunft um 10.10 Uhr

Mehrere Polizisten rannten an den Ferencis und den Pressesprechern vorbei und hetzten den Gang hinunter.

Sänger schob das Smartphone zurück in die Hosentasche und informierte kurz Wollny.

„Was ist denn los?“, platzte Zac heraus.

„Gleich gibt es eine spektakuläre Aktion von Zollfahndern und der Polizei“, antwortete Sänger und schaute Pia und Till an. „Sie können live dabei sein, wenn den Fahndern ein dicker Fisch ins Netz geht! Das gilt natürlich auch für andere Medienvertreter.“ Ein Lächeln huschte über sein nach wie vor angespanntes Gesicht. „Wenn die schnell genug sind! Sie haben einen gewissen Vorsprung gegenüber der Konkurrenz. Kommen Sie!“

„Live dabei – das klingt nach einer tollen Story!“, freute sich Pia.

„Ja, die Beamten wollen offenbar ihre Schlagkraft beweisen, am besten vor laufenden Kameras“, entgegnete Wollny und seufzte. „Mir wäre es lieber, wenn sie das an einem anderen Ort tun würden … Was sollen unsere Gäste aus aller Welt denken?"

Zac schaute zu seiner Schwester. Offenbar fürchtete die Pressesprecherin negative Schlagzeilen über ihren Flughafen.

„Ach was! Die Leute werden sehen, dass Verbrecher auf unserem Airport keine Chance haben", meinte Sänger. „Also, worauf warten Sie noch? Wir müssen zu einer anderen Zollstation!"

Sänger, Wollny und die Ferencis liefen los und folgten den Beamten.

Geschickt glitt Zac durch die Menge. Zuerst balancierte er rasch über die Lehnen einer Bankreihe, dann sprang er elegant über einen Kofferkuli. Zacs Hobby war Parkour – eine trendige Sportart, bei der es darum ging, Hindernisse möglichst schnell und geschickt zu überwinden. So oft es ging, trainierte der sportliche Junge. Jetzt schloss er wieder zu den anderen auf.

„Was heißt eigentlich *dicker Fisch?*", fragte Till, der neben Sänger und Wollny rannte. „Worum geht es bei diesem Einsatz überhaupt?"

„Uranschmuggel!", kam es wie aus der Pistole geschossen.

„Oje!“, entfuhr es Pia.

„Gab es da nicht schon einmal einen Fall in Frankfurt?“, fragte Till.

Wollny nickte. „Erst kürzlich. Es handelte sich um eine Bande aus Moldawien. Der Kurier flog aber mit seiner gefährlichen Fracht an unserem Airport auf.“

Zac wich einem Mann mit einem großen Blumenstrauß aus und spitzte weiter die Ohren.

Wollny fuhr fort: „Die Schmuggelware hatte einen Wert von vielen Millionen Euro. Die Täter wollten das Uran von Frankfurt aus weiterverkaufen.“ Die Pressesprecherin schnaufte, sie klang bereits etwas abgehetzt. Ihre hochhackigen Schuhe waren alles andere als geeignet für einen Sprint über den glatten Boden. „Der Käufer hätte damit Bomben bauen können. Nicht auszudenken, wenn damit Anschläge verübt worden wären!“, ergänzte sie.

„Diesmal handelt es sich wohl wieder um einen Kurier aus Moldawien“, hörte Zac jetzt Sänger sagen. „Die Polizei hat offenbar einen Tipp aus der kriminellen Szene bekommen. Natürlich anonym. Die Person ist gerade in Frankfurt gelandet. 10.10 Uhr. Die Maschine kommt aus Chisinău, der Hauptstadt Moldawiens. Ich habe ganz vergessen zu fragen, ob es sich bei dem Kurier um einen Mann oder eine Frau handelt. Egal, wir werden es gleich sehen. Die heiße Ware befindet sich angeblich in einem Aktenkoffer, im Bordgepäck also. Hier entlang!“

Er und Wollny dirigierten die Reporter sowie Zac und Co zu einem der roten Ausgänge beim Zoll, weil Moldawien kein EU-Mitgliedsland war.

„Hier muss der Kurier gleich ankommen“, sagte Wollny, die langsam austrudelte.

Die Pressesprecherin und ihr Stellvertreter sorgten dafür, dass die Ferencis zu den Gepäck-Scannern gelangten.

Jetzt befand sich die Gruppe in einer kargen Halle mit einigen Zöllnern und den Polizisten, die neben drei Geräten warteten. Im Hintergrund war erneut ein vollautomatisches Gepäckband zu sehen. Es stand noch still.

Plötzlich gesellten sich weitere Beamte hinzu, die Befehle erwarteten. Sie waren mit schusssicheren Westen, Schlagstöcken und Pistolen ausgerüstet.

Till bugsierte Zac und Co zu einer Säule, hinter der sie sich verstecken sollten. Aber sie konnten dahinter hervorschauen und das Geschehen beobachten.

Noch waren keine Passagiere zu sehen. Dafür jagten ein Mann und eine Frau, beladen mit Kameras und Notizblöcken, heran.

„Die lieben Kollegen“, sagte Pia leise.

„Und sicher kommen gleich noch mehr“, ahnte Till.

Ein Polizist stellte sich den Reportern in den Weg und lenkte sie aus der Schusslinie.

„Das ist bestimmt der Einsatzleiter“, raunte Pia ihrem Nachwuchs zu.

Zac beobachtete den Mann. Der glatzköpfige Beamte sah ziemlich sportlich aus. Er war knapp zwei Meter groß, hatte breite Schultern und bewegte sich mit der Eleganz eines Tigers.

Nun gab der Einsatzleiter knappe Kommandos und seine Männer zogen sich in zwei Räume zu beiden Seiten der Durchleuchtungsgeräte zurück. Von dort hatten die Polizisten einen guten Blick auf die Zöllner und die Scanner, konnten aber von den Passagieren nicht gesehen werden.

„Eine perfekte Falle!“, wisperte Zac seiner Schwester zu.

„Ja, der Schmuggler wird keine Chance haben“, erwiderte Co.

Pia zog ihre Kamera hervor und spähte testweise durch den Sucher. „Das passt“, meinte sie.

Dann sagte niemand mehr ein Wort. Alle warteten gespannt.

Zacs Mund wurde trocken.

Eine Viertelstunde verging, ohne dass irgendetwas geschah. Weitere Journalisten eilten heran. Zac bemerkte, wie Pia und Till Blicke wechselten. *So viel zum Thema Vorsprung vor der Konkurrenz,* sollten diese Blicke wohl bedeuten.

Die neu hinzugekommenen Medienvertreter wirkten völlig abgekämpft.

„Das hätten Sie auch ein bisschen früher ankündigen können!“, fauchte eine Reporterin die Pressesprecherin Wollny an.

Bevor Wollny sich verteidigen konnte, war der große Mann mit dem Glatzkopf zur Stelle und sorgte für Ruhe.

Zac linste auf seine Uhr. 10.28 Uhr. Dann schaute er wieder nach vorn zum Gepäckband, wo sich inzwischen einige Passagiere versammelt hatten.

War der Kurier darunter? Der junge Mann mit der Basecap? Vielleicht der coole Geschäftsmann dort mit dem Anzug?

Oder die ältere Dame?, fragte der Junge sich.

Eine ältere Dame? Kaum vorstellbar! Aber wer wusste das schon! Der Schmuggler hatte schließlich keinen Aufkleber auf der Stirn: Hier, ich bin's, der Kurier! Und bei einer älteren Dame würde wohl kaum jemand auf die Idee kommen, dass sie in ihrem Hand-

täschchen Uran statt Schminksachen transportieren würde!

Zacs Nervosität wuchs.

Weitere Fluggäste aus Chisinău strömten heran, der Bereich um das Band war jetzt gut gefüllt.

10.33 Uhr. Das Band ruckte an, die ersten Koffer kamen. Unruhe entstand, die Fluggäste drängten nach vorn, Hände griffen nach Gepäckstücken, wuchteten sie vom Band. Ein Kind begann zu plärren.

Zac schaute zu den Beamten, die in den Türen lauerten. Ganz vorn war der kahlköpfige Riese zu sehen. Jetzt wirkte er wie ein *sprungbereiter* Tiger.

Passagiere, die Koffer hinter sich herzogen, näherten sich den Scannern.

Zacs Körper spannte sich. Ein Blick zu Co. Auch ihre Miene verriet höchste Nervosität.

10.36 Uhr. Vor den Apparaten bildeten sich jetzt Schlangen. Die Zöllner machten sich an die Arbeit.

Zac schaute sich die Leute in der Reihe genau an. Wer war der Kurier? Wann gab der Riese das Kommando, wann schlug sein Team zu?

Plötzlich hielt der Junge den Atem an. Denn jetzt ahnte er, auf wen sich die Beamten gleich stürzen würden!

Welche Person hat Zac im Verdacht?
Schau dir das Bild gut an und notiere den Buchstaben und die Zahl des Quadrats, in dem das entscheidende Detail zu sehen ist! Das ist der Lösungscode für die zweite Rätselfrage. Trag ihn hinten im Buch bei der zweiten Rätselfrage und im Gesamtcode ein!

Zugriff!

Co erhielt einen Stupser in die Seite und schaute zu ihrem Bruder.

„Der Typ mit dem Aktenkoffer!“, zischte Zac. „Der muss es sein! Sänger erwähnte doch, dass die heiße Ware in einem solchen Koffer transportiert wird!“

„Stimmt!“, erwiderte Co atemlos.

Dann ging alles rasend schnell. Ein knappes, gebelltes Kommando, dann sprangen die Beamten aus ihren Verstecken hervor.

Die Zöllner wichen zurück und machten Platz für die heranstürmenden Profis.

Eine Passagierin schrie gellend und ließ eine Tüte fallen, in der sie ihre Einkäufe aus dem Duty-free-Shop verstaut hatte. Etwas darin zerbrach klirrend.

Blitzlichter zuckten, die Reporter machten ihren Job.

Der junge Typ mit der Basecap hob angesichts der Beamten voller Panik die Hände, als wolle er sich ergeben. Doch ihm galt die Aktion nicht.

Die Zielperson, der Mann mit dem Aktenkoffer, hatte die Situation sofort erfasst. Er drehte sich um und floh zurück in Richtung des Gepäckbandes. Dabei schubste der Verdächtige einen anderen Passagier zur Seite, der zu Boden ging.

„Stehen bleiben, Polizei!“, schrie der Einsatzleiter hinter ihm her.

Doch der Mann mit dem Koffer dachte gar nicht daran und flitzte weiter.

Wo will der denn hin?, überlegte Co hinter ihrer Säule. *Der Typ hat doch keine Chance!*

Richtig! Denn schon hatte der große Polizist den Verdächtigen eingeholt und brachte ihn von hinten zu Fall. Der Mann landete auf den harten Fliesen und stöhnte auf. Den Koffer presste er aber weiterhin an sich.

Wieder wurden Fotos gemacht.

Ein zweiter Beamter warf sich auf den Verdächtigen, der wild um sich schlug und trat. Dabei setzte er auch den Koffer als Waffe ein und traf den Einsatzleiter am Kopf.

Der Polizist fluchte, doch er ließ nicht locker. Mit vereinten Kräften gelang es den Beamten, den Verdächtigen auf den Bauch zu drehen und zu fesseln.

Andere Polizisten drängten die Schaulustigen zurück. Auch die Pressemeute musste einen gewissen Abstand einhalten.

Co sah, wie sich der Beamte mit dem Glatzkopf Handschuhe überstreifte, den Koffer an sich nahm und sich ein wenig von seinen Kollegen absonderte. Neben dem Gepäckband blieb er stehen und knackte die Schlösser des Aktenkoffers mit spielerischer Leichtigkeit.

Co ließ den Hünen nicht aus den Augen – was war in dem Koffer? Wirklich Uran?

Ein triumphierendes Lächeln erhellte das Gesicht des Beamten. Dann klappte er den Koffer wieder zu und stapfte damit zu den Journalisten. Sogleich war er dicht umringt. Mikrofone wurden ihm unter die Nase gehalten und Fotos geschossen. Zeitgleich wurde der Verdächtige auf die Füße gestellt und abgeführt.

„Und, sind Sie fündig geworden?“, fragte Till den Einsatzleiter.

„Ja“, sagte der Mann mit tiefer, dröhnender Stimme. Er schien den Rummel um ihn herum sichtlich zu genießen. Jetzt deutete er auf den Koffer in seiner linken Hand. „Es würde mich nicht wundern, wenn sich in diesem Koffer uranhaltiges Material im Wert von einigen Millionen Euro befindet. Wir haben lange auf diesen Tag hingearbeitet. Um die Ermittlungen nicht zu gefährden, haben wir aber erst heute die Flughafenverantwortlichen informiert. Dieser Tag dürfte in die Geschichte der Polizei und der Zollfahndung eingehen. Aber jetzt muss der Koffer ins Labor gebracht werden, um seinen Inhalt zu untersuchen."

„Dürfen wir Ihren Namen erfahren?", fragte eine junge Radioreporterin.

Der Riese straffte die Schultern. „Natürlich. Hauptkommissar Bastian Dörner. Weitere Informationen erhalten Sie heute Nachmittag bei einer Pressekonferenz. Um 14.30 Uhr, am besten hier auf dem Flughafen. Oder, Frau Wollny?"

„Ja, natürlich. Kein Problem. Der Raum wird Ihnen noch mitgeteilt", sagte die Pressesprecherin zu den Medienvertretern.

Dörner nickte, blockte weitere Fragen ab und machte sich mit dem Koffer, den er wie einen Schatz in beiden Händen trug, davon.

„Tja, unsere Story nimmt jetzt wohl eine ganz andere Wendung", meinte Till, nachdem die Ferencis sich fürs Erste von Wollny und Sänger verabschiedet hatten.

„Stimmt", meinte Pia, während sie auf den Monitor ihrer Kamera schaute. „Aber diese Wendung gefällt mir. Ich habe wirklich tolle Fotos machen können! Bin mal gespannt auf die Pressekonferenz. Bis dahin haben wir ja noch Zeit, also lasst uns ins Hotel fahren."

„Gute Idee. Dann können wir die Bilder gleich auf den Laptop überspielen. Falls anschließend noch Zeit sein sollte, können wir noch ein wenig Sightseeing am Römerberg machen. Dazu hatten wir schließlich bisher überhaupt keine Gelegenheit", sagte Till, der sich in Frankfurt gut auskannte.

Mit ihrem Mietauto fuhren die vier in nordöstliche Richtung zum Zentrum.

Co, deren Gedanken seit dem Polizeieinsatz ständig um den mysteriösen Kurier gekreist waren, ließ sich nun von der Frankfurter Stadtsilhouette ablenken. Was für ein erhabener Anblick! Wolkenkratzer ragten in den strahlend blauen Himmel. Das Mädchen sah einen Turm, dessen Spitze einer ägyptischen Pyramide glich. Er überragte ein graues, rechteckiges Gebäude, das zwar ebenfalls sehr hoch, aber schmucklos war. In der Nähe reckte sich ein dunkler Riese mit gläserner Front in die Höhe, gekrönt von einem schlanken, rot und weiß gestrichenen Funkmast. Co erinnerte dieses Gebäude an einen Narwal mit seinem Stoßzahn, der aus einem Meer aus Stein und Glas auftauchte.

Zwischen den modernen Giganten aus Stahl, Beton und Glas kämpften vergleichsweise kleine, steinerne Kirchtürme um Aufmerksamkeit.

Till steuerte das Auto über den Main, auf dem dichter Verkehr herrschte: Ausflugsboote, Yachten, Containerschiffe. An den von Bäumen gesäumten Uferpromenaden lagen Cafés.

„Alles ziemlich cool!“, urteilte Co.

Ihr Vater lachte. „Das kann man wohl sagen. Jetzt wisst ihr, warum man Frankfurt auch *Mainhattan* nennt – in Anspielung auf Manhattan in New York mit seinen vielen Wolkenkratzern.“

Sobald sie im Hotel waren, schloss Pia ihre Kamera an einen Laptop an und überspielte die Bilder auf den Rechner.

„Nicht schlecht!“, sagte Co, die ihr über die Schulter schaute. „Das sind astreine Actionbilder!“

„Hm“, meinte die Fotografin nur. „Jetzt bin ich aber auf die Pressekonferenz gespannt. Die Fotos sind nur dann wirklich von Belang, wenn dieser Mann tatsächlich etwas Brisantes geschmuggelt hat.“

Till schaute auf die Uhr. „Wir haben immer noch reichlich Zeit.“

Und so bummelten Zac und Co mit ihren Eltern

noch eine Weile in der warmen Sommersonne durch die Innenstadt. Zunächst schauten sie sich den Römer an, der aus drei prunkvollen Fachwerkhäusern bestand und das Rathaus sowie das Standesamt beherbergte. Weiter ging es in die Saalgasse mit ihren hübschen, teils verspielten Häusern, deren bunte Fassaden um einen Schönheitspreis zu wetteifern schienen.

Dann betraten die Ferencis den Kaiserdom und erklommen die 324 Stufen des monumentalen Westturms. Von hier oben genossen sie die hervorragende Sicht auf Frankfurt.

Till zeigte Zac und Co einige Sehenswürdigkeiten: die nahe Maininsel mit dem Portikus, in dem Werke bekannter Künstler ausgestellt wurden, und die Alte Brücke sowie den Eisernen Steg, die sich unter ihnen über den Fluss spannten.

Als sich der Hunger meldete, kletterten die vier wieder vom Turm und besuchten einen Imbiss. Anschließend fuhren sie erneut zum Flughafen.

Um Punkt 14.30 Uhr gesellten sich die Ferencis zu den anderen Reportern, die sich bereits in dem für die Pressekonferenz ausgewiesenen Raum auf dem Frankfurter Airport drängten.

Pia und Till hatten ihren wissbegierigen Nachwuchs mit in den Saal geschmuggelt. Wenn jemand Fragen gestellt hätte, so hätten die Reporter ihre Kinder kurzerhand zu Praktikanten gemacht. Doch niemand schenkte den Geschwistern große Beachtung.

Die Augen der Reporter waren nach vorn auf einen langen Tisch gerichtet, hinter dem jetzt Sarah Wollny und ihr Assistent Sänger Platz nahmen. Wollny breitete einen Stapel Papier vor sich aus.

Links von den beiden hockte ein älterer Mann mit grauem Haar, der eine Brille mit altmodischem Gestell trug. Der Mann blinzelte nervös hinter den dicken Gläsern.

Rechts von Wollny und Sänger thronte der hünenhafte Kommissar Dörner. Ein zufriedenes Lächeln umspielte seine Lippen. Die großen Hände hatte er wie zum Gebet gefaltet. Co fiel auf, dass der Polizist ein Feuermal auf der rechten Hand hatte.

Nun eröffnete Wollny die Konferenz. Zunächst stellte sie sich, ihren Stellvertreter sowie Dörner vor. Bei dem Mann mit der Brille handelte es sich um einen Physiker namens Dr. Franz Küfner, erfuhren die Zuhörer.

Ruhig und abgeklärt berichtete Wollny anschließend von dem spektakulären Zugriff am Vormittag.

Dabei warf sie immer wieder einen kurzen Blick auf die vor ihr liegenden Papiere.

„Alle Einzelheiten zur Polizeiarbeit erfahren Sie nun von Hauptkommissar Dörner“, schloss sie die Einleitung ab und deutete auf den Einsatzleiter. Dann nickte sie dem Physiker zu. „Informationen über den Uranfund gibt Ihnen Dr. Küfner. Bitte, Herr Dörner, beginnen Sie.“

Der Kommissar lehnte sich in seinem Stuhl zurück und legte los: „Wir hatten einen Tipp von einem Informanten bekommen, wonach der Verdächtige heute Morgen mit einer Maschine aus Chisinău in Moldawien kommen sollte ...“, begann er.

Prompt hob eine Reporterin die Hand, um eine Frage zu stellen. „Ein Informant? Stammt er aus Frankfurt? Falls ja, wie gut hat die Frankfurter Polizei die kriminelle Szene unterwandert?“

Dörner lächelte breit. „Bitte haben Sie Verständnis dafür, dass ich diese Frage nicht beantworten kann. Aber der heutige Fahndungserfolg zeigt doch, dass wir in diesem Punkt gut aufgestellt sind! Erneut ist der Frankfurter Polizei ein entscheidender Schlag gegen das organisierte Verbrechen gelungen.“

Die Reporterin schürzte die Lippen, gab sich aber mit der Antwort zufrieden.

„Bei dem mutmaßlichen Täter handelt es sich um einen 28-jährigen Mann aus Moldawien. Der Mann sitzt derzeit in Untersuchungshaft und heißt Alexandru C.", fuhr der Polizist fort.

Schon häufiger hatten Co und ihr Bruder bei Pressekonferenzen dabei sein dürfen. Daher wusste das Mädchen, dass die Polizei die Nachnamen von Tatverdächtigen abkürzte.

„Er ist nach ersten Erkenntnissen mehrfach vorbestraft und gehört einer Mafiagruppe an", sagte Dörner. „Die Tätergruppe hat sich unter anderem auf internationalen Uranschmuggel spezialisiert. Das Uran war in einem Koffer versteckt."

Jetzt holte der Beamte einen Metallzylinder hervor, der in einer durchsichtigen Plastiktüte steckte.

„Es befand sich hier drin. Sie können gern Fotos machen."

Sofort kamen die Reporter der Aufforderung nach. Auch Pia schoss eine Reihe von Aufnahmen – mal mit, mal ohne Dörner, der neben dem Zylinder posierte wie ein Jäger vor seiner Beute und dabei erklärte, dass solche Zylinder als Spielzeug verkauft wurden.

„Damit kann man Zaubertricks machen, habe ich mir erklären lassen", führte er aus. „Oder auch Dinge schmuggeln, wie wir heute leider erleben mussten. Der Marktwert der Schmuggelware liegt bei etwa zehn Millionen Euro pro Kilo – mindestens!“

Ein leises Raunen ging durch die Schar der Journalisten.

Auch Co war verblüfft, wie wertvoll das gefährliche Zeug war.

Nun war es Till, der sich wie in der Schule meldete und das Wort erteilt bekam. „Wissen Sie, was die Täter mit dem Uran vorhatten?“

„Bei seiner ersten Vernehmung sagte der Kurier,

dass das Material weiterverkauft werden sollte“, antwortete der Kommissar.

„Wohin?“

„Angeblich wusste der Verdächtige das nicht. Wir überprüfen das gerade.“

Till schob eine zweite Frage nach. „Wofür hätte der Käufer das Uran verwenden können – etwa für den Bau einer Nuklearwaffe?“

Dörner schnaubte. „Ich denke, hier ist Dr. Küfner der bessere Ansprechpartner.“

Der Physiker blinzelte unsicher. „Äh, ja“, sagte er mit piepsiger Stimme. „Wir haben das Material untersucht und sind zu dem Ergebnis gekommen, dass man damit eine sogenannte *schmutzige Bombe* hätte bauen können.“

„Was ist denn das?“, platzte einer der Zuhörer heraus.

„Nun, damit bezeichnet man bei der Internationalen Atomenergie-Organisation einen, wenn Sie so wollen, *normalen* Sprengkörper, dem radioaktive Stoffe beigemischt werden. Der normale Sprengkörper dient dazu, das radioaktive Material nach der Explosion möglichst weit zu streuen. Je größer die Streuung, desto höher die Wirkung der schmutzige Bombe.“

Co schüttelte den Kopf. Wie irrsinnig war denn das?

Küfner verlor sich in weiteren Details über das Uran und seine Wirkung und Co schaltete irgendwann ab.

Wut überkam sie. Eine *schmutzige Bombe!* Manche Menschen taten für Geld offenbar alles. Nicht auszudenken, wenn eine solche Bombe hochgehen würde! Co war nur froh, dass der Kurier der Polizei ins Netz gegangen war.

Die Journalisten stellten noch viele Fragen an Küfner und Dörner, bevor Wollny die Pressekonferenz beendete.

Die Menge zerstreute sich allmählich.

Auch Co wollte mit ihrem Bruder zum Ausgang, wo Wollnys Stellvertreter Visitenkarten der Pressestelle verteilte – falls später noch Fragen auftauchen sollten, wie er erläuterte. Doch da bemerkte Co, dass ihre Eltern auf Wollny zusteuerten, die noch hinter dem Tisch stand und ihre Unterlagen sortierte. Dörner und der Physiker standen etwas abseits und unterhielten sich gedämpft.

Die Geschwister gesellten sich zu ihren Eltern.

„Können Sie uns Material zu dem ersten Uranschmuggelfall geben?“, fragte Till gerade.

„Sicher, wir haben alle Pressemitteilungen archiviert“, erwiderte Wollny. „Ich kann sie Ihnen zumailen, wobei ich Sie allerdings bitte, mit diesen Informationen sorgsam umzugehen. Ich möchte nicht, dass es so aussieht, als sei Frankfurt das Zentrum des internationalen Uranschmuggels. Das ist einfach nicht richtig!“

„Natürlich“, sagte Till schnell. Er grübelte. „Gut wäre es, mit diesem Kurier einmal selbst zu sprechen. Natürlich erst, wenn die Verhöre durch die Polizei beendet sind ...“

Wollny starrte den Reporter kritisch an. „Was soll das schon bringen? Der Kerl ist ein Krimineller. Wahrscheinlich wird er Ihnen nur Lügen auftischen.“

Doch Co fand die Idee gut. „Vielleicht könnte er etwas über seine Hintermänner erzählen, über die Mafia!“

Wollny lachte schrill auf. „Was hast du nur für eine blühende Fantasie!“, sagte sie von oben herab.

Co lächelte sie freundlich an. „Fantasie ist doch etwas ganz Wundervolles, oder?“

Die Pressesprecherin blies die Backen auf und erinnerte Co für einen Moment an einen Frosch, der gleich platzen würde.

„Vielleicht sollten wir es auf einen Versuch ankommen lassen“, meinte Till ruhig. „Interessant wäre es allemal, was dieser Mann zu erzählen hat.“

„Falls er überhaupt mit Ihnen spricht“, entgegnete

Wollny kühl. „Warum sollte er das tun? Und wenn doch, wie wollen Sie überprüfen, ob er die Wahrheit sagt? Sie laufen Gefahr, die Lügen dieses Kuriers zu verbreiten."

Co wunderte sich ein wenig, warum die Pressesprecherin das Interview scheinbar unbedingt verhindern wollte.

Jetzt mischte sich auch Pia ein. „Das wäre ein packendes Exklusivgespräch. Wir sollten es versuchen. Am besten gleich morgen!"

„Tun Sie, was Sie nicht lassen können", schnappte Wollny. „Aber ich bin die falsche Ansprechpartnerin. Selbst wenn ich es wollte, könnte ich Ihnen doch keinen Gesprächstermin bei diesem Uranschmuggler vermitteln."

„Ich weiß, darüber kann nur der zuständige Richter entscheiden", sagte Till und gab Wollny eine Visitenkarte, damit sie ihm die Informationen zu dem ersten Uranschmuggelfall zuschicken konnte.

Die Pressesprecherin nickte ihm knapp zu, raffte ihre Unterlagen zusammen und verließ den Raum.

Die Ferencis fuhren mit dem Mietwagen zum Hotel zurück. Dort wollten Pia und Till den Namen des zuständigen Richters recherchieren.

„Das wird sicher ein wenig dauern“, sagte Till. „Wollt ihr euch noch etwas in Frankfurt anschauen? Den Main Tower zum Beispiel? Der Wolkenkratzer liegt ziemlich in der Nähe und bietet den höchsten Aussichtspunkt der Stadt. Das lohnt sich!“

„Klar, warum nicht?“, meinte Co spontan.

„Logo, bin dabei“, meinte auch Zac. „Ich habe sowieso keine Lust, im Hotel zu hocken.“

Till erklärte den beiden den Weg. Und so fuhren Zac und Co mit der U-Bahn zum Willy-Brandt-Platz. Von dort gingen sie zu Fuß ein Stück die Neue Mainzer Straße hinauf.

Schon ragte der Main Tower rechts vor ihnen auf. Der runde Riese glitzerte und funkelte im Sonnenlicht. Er war umgeben von weiteren Giganten.

Neugierig betraten die Geschwister das Gebäude und bezahlten den Eintritt. Vor der Fahrt mit dem Aufzug gab es eine Kontrolle. Alle Turmbesucher, die ein Gepäckstück dabeihatten, mussten es durchleuchten

lassen. Dann wurde jeder mit einem Metalldetektor überprüft.

„Das ist hier ja wie am Flughafen“, flüsterte Co ihrem Bruder zu.

Zusammen mit einer japanischen Familie betraten die Geschwister anschließend den Aufzug.

„Guck mal, der hat einen Tacho!“, meinte Co begeistert.

Während die Kabine sich aufwärtsbewegte, behielt das Mädchen die Tachonadel im Auge. Sie kletterte auf achtzehn Stundenkilometer.

Schon waren die Geschwister im 54. Stock angelangt und die Türen glitten auf. Hier, in einhundertneunzig Metern Höhe, hatte der Hessische Rundfunk seine Büros, erkannte Co an den entsprechenden Schildern.

Zu Fuß ging es ein paar Stufen weiter hinauf. Co öffnete eine Tür und nun standen sie auf der Aussichtsplattform, die mit einer Balustrade aus Plexiglas gesichert war.

Die Japaner steuerten auf eine Infotafel zu, die Geschwister gingen in die andere Richtung. Sonst war gerade niemand auf der Plattform.

„Wow, das ist ja der Hammer!“, rief Co, als sie die Absperrung erreichte. Der Wind zerzauste ihre Haare.

Von hier oben hatten sie und Zac erneut eine sensationelle Sicht. Sie erkannten die Altstadt und den Main mit seinen Brücken, den Flughafen, den Hauptbahnhof und die Commerzbank-Arena.

„Da kickt die Frankfurter Eintracht!“, wusste Sportfan Zac.

Um sie herum standen weitere Wolkenkratzer – vor allem Bankgebäude.

Co spähte in die Tiefe, betrachtete das Gewirr an Straßen und das Gewusel der Autos. Ihr wurde leicht schwindelig. „Puh!“, sagte sie.

„Tja, ziemlich hoch, nicht?“, erklang eine fremde Stimme hinter ihr.

Das Mädchen wollte sich umdrehen, doch ein scharfes Kommando bremste es: „Nach vorn schauen, sonst knallt es!“

Cos Nackenhaare stellten sich auf. Wer war der Mann? Hatte er etwa eine Waffe? Sie gehorchte, schielte aber zur Seite, wo Zac stand. Auch er schaute brav nach vorn.

„So ist es recht“, war eine zweite, dunkle Stimme zu vernehmen, und das Mädchen ahnte, dass hinter seinem Bruder ein zweiter Angreifer lauerte. „Ihr braucht nicht zu wissen, wie wir aussehen!“

Jetzt spürte Co etwas Hartes in ihrem Rücken. War

das etwa der Lauf einer Pistole? Ihre Beine drohten nachzugeben.

Aber nein, schoss es ihr durch den Kopf, das war bestimmt keine Pistole! Das würde der Mistkerl sicher nicht wagen, immerhin waren noch die Japaner auf der Plattform.

Doch die Familie war ein gutes Stück entfernt. Zudem würde sie garantiert auch die Aussicht genießen und die anderen Besucher gar nicht beachten.

Aber vielleicht waren inzwischen auch noch andere Touristen hinzugekommen.

Vielleicht ... Und wenn nicht?

„Hört zu", sagte der Mann hinter Co jetzt leise und eindringlich, während er das harte Ding an ihrer Wirbelsäule auf- und abwandern ließ, was ihr einen höchst unangenehmen Schauer über den Rücken jagte.

Zac und Co nickten.

„Wir wissen alles über euch", sprach der Kerl weiter. „Ihr seid die Blagen von diesen beiden Reportern ..."

„Plagen wäre der bessere Ausdruck", sagte der andere Mann und lachte heiser.

Der Mann hinter Co überging den Scherz seines Komplizen. „Eure Eltern stellen Fragen, die sie besser nicht stellen sollten", fuhr er fort. „Als Nächstes wollen Sie ein Interview führen mit dem Kurier, nicht wahr?"

Als er keine Antwort erhielt, kam er ganz dicht an Co heran. Seine Stimme war nur noch ein böses Zischeln in ihrem Ohr, wie das einer Schlange, die gleich zubeißen wollte.

„Ich habe dich etwas gefragt, Kleine!"

Co riss sich zusammen. „Ich dachte, Sie wissen alles über uns", erwiderte sie und wunderte sich selbst über ihren Mut. „Dann müssten Sie die Antwort ja kennen."

„Du hältst dich wohl für besonders schlau", kommentierte der Mann. „Dann wird es dir und deinem Bruder nicht schwerfallen, euren Eltern folgende kleine Botschaft zu übermitteln: Ihr werdet die Recherchen einstellen und den Kurier in Ruhe lassen. Keine Fragen mehr in dieser Sache, ist das klar?"

Der Mann verstärkte den Druck des harten Gegenstands und Co brach der Schweiß aus. Ihr Atem ging stoßweise. Plötzlich fühlte sie sich gar nicht mehr so mutig.

„Ob das klar ist?", wiederholte der Mann.

Die Geschwister nickten erneut.

„Dann haben wir uns ja verstanden. Falls ihr glaubt, uns auf der Nase herumtanzen zu können, kommen wir wieder. Und dann sind wir nicht mehr so nett", kündigte der Fremde an. „Wir werden jetzt gehen und ihr werdet weiter die Aussicht genießen. Dreht euch erst um, wenn ihr bis einhundert gezählt habt. Und vergesst nicht, wir beobachten euch."

Der Druck auf Cos Wirbelsäule ließ nach. Gehorsam begann sie zu zählen. Sie musste sich zwingen, nicht herumzuwirbeln, um herauszubekommen, wie ihre Peiniger aussahen.

Co ratterte die Zahlen herunter. Bei fünfzig hielt sie es nicht mehr aus. Vorsichtig drehte sie den Kopf. Da waren die Japaner, die lachend Fotos voneinander schossen. Ganz offensichtlich hatten sie von dem Übergriff nichts mitbekommen.

Noch ein Stück – und jetzt konnte Co die gesamte Plattform überblicken.

„Sie sind weg", sagte Co zu ihrem Bruder.

Nun drehte sich auch Zac um. Er sah ziemlich blass und mitgenommen aus.

„Was waren denn das für Typen?", stieß er wütend hervor.

„Gute Frage, nächste Frage", erwiderte Co.

„Irgendjemand muss uns die Kerle auf den Hals gehetzt haben", meinte Zac. „Mich würde mal interessieren, wer das gewesen ist."

Co überlegte nicht lange. „Diese Frage kann ich dir schon eher beantworten!"

Zac schaute sie überrascht an.

Wen meint Co?

a) Sarah Wollny. Code: B 9

b) Die Uran-Mafia. Code: D 2

c) Bastian Dörner. Code: F 7

d) Tobias Sänger. Code: G 4

Schau dir das Kapitel noch einmal genau an, achte darauf, was die Personen sagen und was sie tun. Dann notiere den Buchstaben und die Zahl hinter der Person, die Co verdächtigt. Das ist der Lösungscode für die dritte Rätselfrage. Trag ihn hinten im Buch bei der dritten Rätselfrage und im Gesamtcode ein!

Der Mann im Park

Am nächsten Morgen saßen die Ferencis beim Frühstück zusammen. Nachdenklich klopfte Zac sein Ei auf. Dabei dachte er an den gestrigen Tag zurück.

Natürlich waren ihre Eltern entsetzt gewesen, als sie von dem Vorfall auf dem Main Tower erfahren hatten.

„Diese Feiglinge!“, hatte Till geschnaubt. „Warum vergreifen die sich an Kindern?“

Co hatte ihren Eltern von ihrem Verdacht erzählt, dass Sarah Wollny die Auftraggeberin der beiden Männer sein musste, da nur sie von ihrem Plan wusste, den Kurier zu interviewen.

Daraufhin hatte sich Pia das Telefon geschnappt und Sarah Wollny zur Rede gestellt. Die Pressesprecherin hatte die Vorwürfe jedoch weit von sich gewiesen. Zac und Co hatten das Gespräch mitverfolgen können, weil Pia den Lautsprecher am Telefon eingeschaltet hatte.

„Wie kommen Sie denn darauf?“, hatte Wollny gefaucht. „Ich habe mit diesen Verbrechern nichts zu tun! Ich verbitte mir solche Unterstellungen!“

Kurz darauf war das Gespräch beendet gewesen.

Zac ließ Salz über sein Ei rieseln. Etwas Konkretes hatten sie gegen die Pressesprecherin nicht in der Hand.

Pia und Till wollten sich ohnehin nicht einschüchtern lassen und würden ihre Recherchen in diesem Fall fortsetzen – natürlich mit der gebotenen Vorsicht.

Das fanden Zac und Co genau richtig.

Wenn ich doch nur die Gesichter der beiden Typen auf dem Wolkenkratzer gesehen hätte!, dachte der Junge, während er den Löffel in das weiche Ei schob. *Dann könnte die Polizei womöglich mit Phantombildern nach den Tätern fahnden.*

Zac konnte sich einfach keinen Reim auf die ganze Sache machen. Warum nur wollten die Kerle verhindern, dass Till und Pia mit dem Kurier Kontakt aufnahmen? Nun ja, vielleicht hatte der Mann wirklich etwas Spannendes zu erzählen. Etwas, was er der Polizei nicht anvertrauen wollte. Diese Hoffnung erzeugte bei Zac ein leichtes Kribbeln. Vermutlich war er auch gleich schon schlauer. Um 12 Uhr hatten seine Eltern einen Termin im Gefängnis.

Denn während Zac und Co auf dem Main Tower gewesen waren, hatten die Reporter den zuständigen Richter erreicht. Der hatte ihnen überraschenderweise grünes Licht gegeben, den Kurier im Knast zu besuchen. Der Täter sprach sogar Deutsch, war den Journalisten mitgeteilt worden. Dass sich der Schmuggler tatsächlich mit ihnen unterhalten würde, glaubte der Richter jedoch nicht. Bei dem Telefonat hatte er noch den vollständigen Namen des Kuriers genannt: Alexandru Cenu.

Zac wurde aus seinen Gedanken gerissen, als Till meinte: „Wir haben noch ziemlich viel Zeit bis zu unserem Termin im Gefängnis. Auf dem Weg dorthin könnten wir noch einen kleinen Stopp einlegen – im Bethmannpark. Das lohnt sich! Habt ihr Lust?"

Alle waren einverstanden und so fuhr die Familie nach dem Frühstück über die Konrad-Adenauer-Straße und die Friedberger Landstraße zu der Grünanlage. Auch heute strahlte wieder die Sonne über Frankfurt.

Als Till endlich einen Parkplatz gefunden hatte und sie ausstiegen, bemerkte Zac ein Auto, das etwa zwanzig Meter hinter ihnen anhielt, obwohl es dort keine Parkmöglichkeit gab. Das Fahrzeug, ein dunkler Sportwagen, stoppte notgedrungen in zweiter Reihe.

Zac sah genauer hin. Durch die Frontscheibe erkannte er den schemenhaften Umriss des Fahrers. Wenn ihn nicht alles täuschte, trug die Gestalt eine Sonnenbrille. Außerdem hatte Zac das Gefühl, dass der Typ in seine Richtung starrte.

Oder war das nur Einbildung?

Jetzt schloss von hinten ein kleiner Transporter auf. Dessen Fahrer hupte ungeduldig. Der Sportwagen rollte los, glitt zügig am Leihwagen der Ferencis vorbei und verschwand dann in einer Nebenstraße.

„Kommst du, Zac?“, hörte Zac seine Schwester rufen.

„Äh, na klar.“

„Alles okay?“, fragte Co, sobald Zac neben ihr lief.

„Ja“, erwiderte er, denn er wollte seine Schwester nicht verrückt machen. Vielleicht hatte er sich ja wirklich getäuscht …

Die Ferencis tauchten in die grüne Oase ein. Der Lärm der Großstadt blieb zurück, als habe jemand einen Vorhang zugezogen.

Der ortskundige Till führte sie zum Chinesischen Garten mit seinen verschlungenen Wegen, einem Teich, einer hübschen Brücke und luftigen Holzgebäuden mit geschwungenen, überkragenden Dachsparren. Die eleganten Konstruktionen erinnerten Zac an

Hüte mit einer breiten Krempe, deren Ränder hochgeklappt waren.

Der Junge schlenderte langsam weiter und begann sich gerade ein wenig zu entspannen, als ein Mann in sein Blickfeld geriet.

Ein Mann mit Sonnenbrille!

War das der Typ aus dem Sportwagen?

Jetzt verschmolz der Unbekannte mit dem Schatten eines großen Buschs.

Zac ließ ihn nicht aus den Augen, bis der Mann wieder hinter dem Gebüsch hervortrat. Sein Gesicht war auf die Entfernung nicht zu erkennen. Aber der Junge bemerkte, dass der Mann etwas in der Hand hielt. Seine Augen wurden schmal.

War das eine Kamera?

Ja, dachte er mit steigender Nervosität, *das ist ein Fotoapparat!*

Und wenn ihn nicht alles täuschte, zielte das Objektiv gerade auf Co, Pia und Till, die ein Stück vorangegangen waren.

Oder irrte er sich, fotografierte der Unbekannte doch nicht seine Familie, sondern einen der hübschen Pavillons?

Gut möglich, gab Zac in Gedanken zu. Und was bedeutete es schon, wenn jemand bei diesem Wetter eine Sonnenbrille trug und an einem schönen Ort wie diesem Fotos schoss?

Sah er bereits Gespenster? Zac zuckte mit den Schultern. Vielleicht war er nach gestern einfach nur übernervös.

Er wollte den anderen folgen, doch dann überlegte er es sich spontan anders. Er drehte um und ging zügig auf den Mann zu. Zac wollte das Gesicht des Fremden sehen. Außerdem war er auf die Reaktion des Mannes gespannt, wenn er einfach auf ihn zuspazierte!

Der Unbekannte senkte die Kamera und wandte sich hastig zum Gehen.

Also doch!, dachte der Junge triumphierend. *Der Kerl hat es auf uns abgesehen, und jetzt haut er ab, weil ich ihn bemerkt habe!*

„Zac!“ Das war Pia. „Wo willst du denn hin?“

Der Junge zögerte. Umdrehen oder den Kerl verfolgen? Als Parkourläufer würde er den Mann garantiert einholen! Und dann?

Während er abwägte, was er tun sollte, verschwand der Unbekannte zwischen zwei hohen Bäumen.

„Zac! Was ist denn?“, rief Till ungeduldig.

Seufzend kehrte Zac zu den anderen zurück.

Um kurz vor zwölf Uhr erreichten die Ferencis die Justizvollzugsanstalt I in der Oberen Kreuzäckerstraße und Till stellte das Auto ab.

Beklommen schaute Zac auf das riesige Gebäude mit den hohen grauen Wänden und den Stacheldrahtrollen. Das Gefängnis war ein einziger Klotz aus Beton, eine wahre Festung.

Dann folgte Zac den anderen zu einer Art Pförtnerloge, wo sie sich anmelden mussten.

In diesem Moment öffnete sich ein automatisches Tor und eine Limousine passierte die Schranke.

Zac schaute hin, ohne großes Interesse.

Doch plötzlich stutzte er. Saß da nicht ... Doch, das war Alexandru Cenu, der dort auf der Rückbank kauerte! Neben ihm saß ein Beamter.

„Leute, schaut mal in den Wagen!", rief Zac aufgeregt. „Das ist unser Kurier!"

„Wie bitte?", rief Pia. „Wir haben doch einen Termin mit ihm!"

Till stellte sich einfach vor das Auto und zwang den Wagen zum Halten.

Die Seitenscheibe glitt herunter und ein Uniformierter raunzte Till an: „Gehen Sie aus dem Weg oder sind Sie lebensmüde?"

Der Reporter trat zur Seite, beugte sich zum Fahrer

hinunter und begann, auf ihn einzureden: „Hören Sie, wir haben die Zusage des zuständigen Richters, dass wir mit Herrn Cenu sprechen können – und zwar jetzt!“

„Das ist mir egal. Ich habe meine Anweisungen!“, kam es schroff zurück.

Till ließ nicht locker. „Wo wird er denn hingebracht?“

„Ich wüsste nicht, was Sie das angeht. Wer sind Sie überhaupt?“

Der Journalist diskutierte weiter mit dem Fahrer. Unterdessen spähte Zac ins Wageninnere, wo Cenu starr nach vorn schaute, als ginge ihn das Ganze überhaupt nichts an.

Plötzlich stockte Zac der Atem.

Was ist Zac aufgefallen?

Schau dir das Bild gut an und notiere den Buchstaben und die Zahl des Quadrats, in dem das entscheidende Detail zu sehen ist! Das ist der Lösungscode für die vierte Rätselfrage. Trag ihn hinten im Buch bei der vierten Rätselfrage und im Gesamtcode ein!

Auf der Flucht

„Vorsicht, der Typ hat eine Knarre!“, hörte Co ihren Bruder schreien.

Der Motor heulte auf und der Fahrer gab Gas. Das Auto sprang förmlich nach vorn.

Till, der dicht am Fahrzeug stand, machte einen Satz zurück, damit seine Füße nicht vom hinteren rechten Rad überrollt wurden.

„He, was …?“

Weiter kam er nicht, denn in dieser Sekunde krachte die Limousine seitlich in einen Transporter, der gerade in die Einfahrt zum Tor eingebogen war. Es gab einen hässlichen Knall, und der kleine Lkw wurde so herumgeschleudert, dass er die Ausfahrt völlig blockierte.

Die Limousine mit Cenu setzte zurück. Die Stoßstange des Fahrzeugs war völlig verzogen.

Co freute sich – sie hatten den Fluchtversuch vereitelt!

Pia und Till flüchteten mit ihrem Nachwuchs sicherheitshalber zum Pförtnerhäuschen. Co zog dabei ihr Handy hervor, um Fotos zu machen. Auch Pia hatte ihre Kamera aus der Tasche gerissen.

Jetzt sprangen zwei Justizangestellte aus dem Transporter und gingen auf die Limousine mit Cenu zu. Einer von ihnen telefonierte.

Co erschrak. Die beiden dachten wohl, dass es sich um einen normalen Unfall handelte. Sie konnten nicht wissen, dass mindestens einer der Typen eine Waffe bei sich trug und die Täter versuchten, mit dem Kurier zu fliehen!

Gerade als Co die Männer warnen wollte, gab der Fahrer der Limousine abermals Gas. Der schwere Wagen preschte an den verdutzten Wachmännern vorbei und erwischte den Transporter zum zweiten Mal – diesmal aber am Heck, sodass das Hindernis ein Stück zur Seite geschoben wurde.

Nun war der Fluchtweg wieder frei.

Mit quietschenden Reifen stob der Wagen mit dem Kurier an Bord um die Ecke und jagte in Richtung der Homburger Landstraße davon.

Jetzt hastete der Wachmann aus seiner Loge zu seinen Kollegen am demolierten Transporter. Fast gleichzeitig rasten zwei schnelle Pkw aus dem Gefängnis und nahmen die Verfolgung auf.

„Hoffentlich kriegen sie die Typen!“, rief Co.

„Ja!“, meinte auch Till. „Unglaublich – da entkommen die Kerle genau vor unserer Nase!“

Pia deutete auf die Kamera. „Ein Foto vom Fluchtfahrzeug habe ich jedenfalls. Das dürfte die Polizei interessieren, falls die Täter entkommen. Außerdem könnten die Fotos unsere Story schmücken.“

„Super“, sagte Co. „Aber ich frage mich, wie die Kerle überhaupt an Cenu herangekommen sind. Wie konnten sie ins Gefängnis gelangen, woher hatten sie zum Beispiel die Uniformen?“

„Berechtigte Fragen“, erwiderte Pia. „Also brauchen wir Antworten. Lasst uns herausfinden, wie die Täter vorgegangen sind!“ Entschlossen marschierte sie zu dem Beamten an der Pförtnerloge. Dieser informierte umgehend einen leitenden Beamten namens Bruhn, der Auskunft geben durfte.

Wenig später wurden die Ferencis ins Büro eines untersetzten Mannes mit Stirnglatze gebeten. Auch er trug eine Uniform.

„Presse?“, maulte Bruhn, als Pia und Till ihm ihre Ausweise zeigten.

„Ja, wir hatten einen richterlich genehmigten Gesprächstermin mit Alexandru Cenu“, erwiderte Till. „Doch dann …“

„Ich weiß, ich weiß!“, unterbrach Bruhn ihn und wedelte mit den Händen, als wollte er eine Fliege verscheuchen.

„Gut“, sagte Till und stellte einige Fragen.

Als er fertig war, räusperte sich Bruhn und antwortete langsam, als würde er jedes Wort genau abwägen.

Co lauschte gespannt.

„Nun, die Täter haben sich mit gefälschten Papieren als Bundespolizisten ausgegeben“, begann der Beamte.

„Woher hatten die Täter die Uniformen?“, platzte Co heraus.

Bruhn schaute sie verdutzt an. „Der Apfel fällt nicht weit vom Stamm, wie? Du willst wohl auch mal Reporterin werden, schätze ich.“

„Nein, ich interessiere mich eher für Informatik“, antwortete Co.

„Wie dem auch sei. Ja, die Uniformen“, ächzte Bruhn. „Das wissen wir noch nicht. Gleiches gilt für die Ausweise und das Auftragsschreiben des Bundeskriminalamts, laut dem sie den Gefangenen abtransportieren sollten. Es muss sich um gute Fälschungen gehandelt haben, sonst wären die Kerle gar nicht in unsere Vollzugsanstalt gekommen. Man hätte sie aufgehalten und festgenommen.“

„Genau das geschah aber ganz offensichtlich nicht“, warf Till ein. „Wie ging es weiter?“

„Das BKA hat seinen Sitz in Wiesbaden, wie Sie vermutlich wissen“, berichtete der Beamte. „Cenu sollte dorthin gebracht werden, behaupteten die Männer, um ihn weiter verhören zu können. Uranschmuggel macht vor Ländergrenzen nicht halt, deshalb ist das nicht nur ein Fall für die örtlichen Polizeibehörden, sondern auch für staatliche Einrichtungen wie das Bundeskriminalamt.“

Die Reporter nickten.

„Angesichts der berechtigten Bitte aus Wiesbaden, der Uniformen und der Ausweise schöpfte hier niemand Verdacht“, gab der Beamte zu. „Man gestattete also, dass die beiden Täter Cenu abholten und aus dem Gefängnis führten.“ Er seufzte. „Dabei wollten die Männer unseren Verdächtigen offenbar befreien.“

Till und Pia stellten weitere Fragen, auf die Bruhn ausweichend antwortete. Die Ermittlungen seien erst am Anfang, er wolle nicht vorgreifen, es gebe noch eine Pressekonferenz und so weiter.

Co hörte nicht mehr hin und ließ sich Bruhns Worte noch einmal durch den Kopf gehen.

Unvermittelt machte sie etwas stutzig – etwas passte ihr an der Story überhaupt nicht!

Was gefällt Co nicht?

a) Das Bundeskriminalamt hat seinen Sitz nicht in Wiesbaden, sondern in der Bundeshauptstadt Berlin. Code: A 3

b) Wenn Cenu befreit wurde, warum wurde er dann mit einer Pistole bedroht? Code: C 1

c) Die Ausweise der Bundespolizei kann man nicht fälschen, sie sind fälschungssicher. Code: E 5

Schau dir das Kapitel noch einmal genau an, achte darauf, was Bruhn berichtet. Dann notiere den Buchstaben und die Zahl hinter der Aussage, die Co missfällt. Das ist der Lösungscode für die fünfte Rätselfrage. Trag ihn hinten im Buch bei der fünften Rätselfrage und im Gesamtcode ein!

Eine nächtliche Jagd

Kurz darauf saßen die Ferencis in einem gemütlichen Lokal in der Innenstadt und machten einen Streifzug durch die Frankfurter Küche. Nach dem Überfall auf Zac und Co und Cenus spektakulärem Verschwinden aus dem Gefängnis hatte Till vorgeschlagen, dass sie sich bei einem leckeren Essen ablenken sollten.

Co probierte die *Grüne Soße,* die aus sieben frischen Kräutern bestand und mit Salzkartoffeln und Ei serviert wurde. Zac und Till aßen *Rippche mit Kraut,* Pia einen *Handkäs mit Musik:* würzigen Käse mit Essig und Zwiebeln. Die Reporter gönnten sich je ein Glas Apfelwein, den *Ebbelwoi,* für ihren Nachwuchs gab es kalte Cola.

Der mysteriöse Fall blieb ihr Hauptgesprächsthema.

„Nein", wiederholte Co, „Cenu wurde nicht befreit. Er wurde *entführt.*"

„Da hast du völlig Recht, Bruhn liegt hier falsch. Warum haben die Kerle Cenu mit einer Pistole bedroht, wenn sie ihn befreien wollten?“, sagte Zac. „Cenu ist zur Flucht gezwungen worden!“

„Aber warum, was haben die Täter mit ihm vor?“, fragte Co.

Das war für alle ein Rätsel.

„Wir müssen abwarten, was die Polizei herausfindet“, sagte Pia schließlich. „Vielleicht hat sie die Täter längst geschnappt. Ich werde mich später mal bei der Pressestelle schlaumachen.“

Doch auch am Abend fehlte von Cenu und seinen Entführern noch jede Spur. Lediglich die verbeulte Limousine wurde gefunden: Die Täter hatten sie in der Frankfurter Innenstadt abgestellt. Der Wagen war kurz vor der Aktion gestohlen worden.

Jetzt saßen die Ferencis im Hotel. Im Parterre hatten sie ein „Familienzimmer“, das aus zwei Schlafräumen und einem gemeinsamen Bad bestand.

Die Journalisten brüteten über ihrem Text- und Fotomaterial. Vor 22 Uhr musste Till seinen Text per Mail in der Redaktion abliefern, damit er noch in der nächsten Ausgabe erscheinen konnte. Pia stellte gerade eine hübsche Auswahl an Bildern zusammen.

Zac und Co hockten im anderen Zimmer vor Cos Laptop und spielten mit Gamepads ein Autorennen.

„Hör auf, mich ständig zu rammen!“, beschwerte sich Zac.

„Ach was, ein bisschen Spaß muss sein“, erwiderte Co ungerührt, die mit ihrem aufgemotzten schwarzen Rennwagen über die Piste bretterte, im Moment aber etwas hinter Zac lag.

Das konnte sie so nicht hinnehmen, das musste korrigiert werden – am besten mit einer weiteren Attacke.

Co lenkte ihr Auto erneut in Zacs Windschatten, schloss zu ihm auf und bohrte ihre Stoßstange ins Heck des gegnerischen Fahrzeugs.

„Nein!“, schrie Zac, als sein Wagen seitlich ausbrach, eine Leitplanke unfreiwillig als Sprungschanze nutzte und durch einen Park pflügte.

„Bremsen, bremsen!“, rief Zac und drückte den entsprechenden Knopf seines Gamepads. Doch er konnte nicht verhindern, dass sein Auto gegen eine Laterne krachte und das Rennen als rauchender Trümmerhaufen beendete.

Co ballte die Faust: „Ha, klappt doch!“

„Das war total unfair!“, maulte ihr Bruder. „Wir könnten ja mal ein Fußballspiel machen, da müsstest du dich warm anziehen!“

Co war einverstanden.

Beim Kicken war Zac schon eher in seinem Element und er gewann die ersten beiden Spiele glatt.

Beim dritten Match, es stand gerade noch unentschieden, klopfte es plötzlich an die Scheibe der Tür, die zum kleinen Garten der Hotelanlage führte.

Tock!

Irritiert schaute Zac zur Seite. Der Vorhang an der Scheibe war zugezogen. „Was war denn das?"

„Keine Ahnung", erwiderte seine Schwester, den Blick auf den Bildschirm geheftet. Sie trickste ihren gerade abgelenkten Bruder aus und hämmerte den Ball unter die Latte seines Tores.

„Das ist die Führung!", jubelte sie.

„Kannst du eigentlich auch nur ein einziges Mal fair spielen?", beschwerte sich Zac.

Wieder klopfte es energisch an die Scheibe.

Tock, tock, tock!

Zac drückte die Pausetaste und ließ Co jubeln. Er stand auf und ging zum Vorhang.

Tock, tock, tock!

Da draußen ist jemand, dachte Zac. *Und dieser Jemand will hier rein …*

Er fasste den Saum des Vorhangs, um ihn zurückzuziehen, zögerte jedoch im letzten Moment. Sollte er lieber Till und Pia Bescheid geben?

Unsinn!, sagte er sich und zog den Stoff zur Seite.

Eine Gestalt lauerte im Dunkel. Etwas Licht fiel von der Außenbeleuchtung des Hotels auf das Gesicht des Mannes.

Zac wich zurück, einen Schrei auf den Lippen.

Dort stand niemand anderes als Alexandru Cenu, der Kurier!

Tock, tock, tock! Lass mich rein!

Der Junge spürte jemanden hinter sich und fuhr herum.

Es war Co. „Verdammt, wo kommt der denn her?“, hauchte sie atemlos.

Zac lief zur Verbindungstür. „Wir holen Ma und Pa“, entschied er und stürmte ins Nachbarzimmer.

Keine dreißig Sekunden später öffnete Till die Terrassentür und Cenu taumelte an ihm vorbei ins Zimmer.

„Danke“, sagte er heiser und ließ sich auf die Couch fallen, wo gerade noch Zac und Co gesessen hatten.

Till baute sich vor ihm auf, die Arme vor der Brust verschränkt. „Ich werde jetzt die Polizei rufen. Das ist Ihnen doch wohl klar, oder?“

„Warten Sie!“, rief Cenu. Sein Gesicht war vor Angst verzerrt.

„Ja, warte“, meinte auch Zac. „Mich würde interessieren, warum er zu uns gekommen ist.“

Der Reporter überlegte nur einen Moment. „Na schön“, lenkte er ein und nahm gegenüber dem Kurier Platz. Die Geschwister und Pia setzten sich ebenfalls dazu.

Cenus Augen huschten unruhig von einem zum anderen. „Ich bin nicht aus dem Knast geflohen“, begann er stockend. „Die haben mich gezwungen, die wollten mich ausschalten.“

Zac war überrascht, wie gut Cenu Deutsch sprach.

„Wer sind *die?*“, wollte Till wissen.

Cenu hob die Schultern und ließ sie langsam wieder sinken. „Ich weiß es nicht, ich habe die Typen nie vorher gesehen. Ich saß in Untersuchungshaft, als zwei Männer in Uniform aufkreuzten. Angeblich waren sie vom BKA. Sie kamen in meine Zelle und wollten mich mitnehmen, nach Wiesbaden. Ich begann, Fragen zu stellen. Da zog einer der beiden eine Knarre, und ich wusste schlagartig, dass die Typen irgendwelche Gangster waren …"

„Und dann?"

„Sie zwangen mich, ihnen zu folgen. Wenn ich auch nur einen Mucks von mir geben würde, wäre ich ein toter Mann, drohten sie mir. Dann führten sie mich aus dem Knast hinaus zu einem Auto. Ich musste einsteigen. Vor dem Tor sind Sie dann plötzlich aufgetaucht …"

„Ja, wir wollten mit Ihnen sprechen", meinte nun Pia.

„Aber irgendjemand wollte unbedingt verhindern, dass wir uns treffen und ich rede!", sagte der Kurier. „Meine Entführer hängten die Verfolger ab und rasten mit mir in die Innenstadt. Sobald sie außer Sichtweite waren, wechselten sie ihre falschen Uniformen gegen normale Kleidung, die sie darunter trugen. In der Nähe eines Labors hielten sie an. Dort stieg der eine Mann aus, der andere blieb mit mir im Wagen, um auf mich aufzupassen. Dann erhielt er einen Anruf und war für einen Moment abgelenkt. Ich verpasste dem Kerl einen Kinnhaken und schaltete ihn kurzfristig aus."

„Und so gelang Ihnen die Flucht", meinte Zac.

„Ja, ich rannte weg und versteckte mich erst einmal am Mainufer. Ich wusste nicht, was ich tun sollte. Schließlich habe ich weder Geld noch Ausweis bei mir. Meine Papiere und alle meine Sachen sind doch noch im Knast. Deshalb beschloss ich, zu diesem Labor zurückzugehen und die Kerle zu beschatten – ich musste einfach irgendetwas über sie herausfinden."

Till schaute Cenu kritisch an. „Und heute Abend kamen Sie dann auf die Idee, uns zu besuchen. Wie haben Sie uns überhaupt gefunden?"

„Meine Entführer haben sich über Sie unterhalten. Die wissen, in welchem Hotel Sie untergekommen sind ..."

Das gefiel Zac überhaupt nicht. Er sah zu Till. Auch sein Vater wirkte alarmiert.

„Warum sind Sie hierhergekommen, was wollen Sie gerade von uns?", fragte der Reporter.

Die Augen des Kuriers flackerten. „Ich ... ich will diese Mafia zerschlagen. Und dafür brauche ich Ihre

Hilfe. Zusammen können wir die Hintermänner entlarven. Die Typen, die mich als Kurier ausgenutzt haben!“

„Ausgenutzt? Mir kommen gleich die Tränen“, meinte Till schroff. „Man wird Sie kaum zu diesem Kurierdienst gezwungen haben.“

„Und überhaupt: Warum sind Sie nicht direkt zur Polizei gegangen?“, wollte jetzt Co wissen. „Die ist für so etwas zuständig.“

Cenu lachte gequält auf. „Die Polizei? Die wird mir kein Wort glauben, sondern mich nur wieder in den Knast schicken. Und dort bin ich ja ganz offensichtlich auch nicht sicher. Verstehen Sie doch, die Kerle wollen mich zum Schweigen bringen – und zwar für immer! Es geht um viele Millionen Euro, da zählt mein Leben nichts!“

Till massierte seine Schläfen. Er wirkte unschlüssig.

„Wer hat Sie überhaupt als Kurier angeworben?“, fragte Pia.

Cenu berichtete, was er wusste, und Zac versuchte, sich jedes Detail einzuprägen. Doch besonders viele Informationen hatte der Mann nicht. Er sei in Moldawien von einem Mittelsmann engagiert worden, habe 100 000 Euro und die heiße Ware erhalten, die er nach Frankfurt bringen sollte.

Da fiel Zac der Verdacht seiner Schwester ein. „Sagt Ihnen der Name Sarah Wollny etwas?“

Der Kurier schüttelte den Kopf. „Nie gehört. Wer soll das sein?“

Zac erklärte es ihm, doch Cenu verneinte erneut. „Wie gesagt, die kenne ich nicht.“

Zac schaute zu seiner Schwester – war ihr Verdacht gegen die Pressesprecherin also falsch? Oder hatte sie doch etwas mit der Sache zu tun und Cenu war ihr bloß nie begegnet?

„Ich weiß nichts Genaues“, meinte der Kurier nun. „Aber immerhin habe ich heute einige Hinweise sammeln können …“

Till holte Papier und Stift. „Ach, wirklich? Dann erzählen Sie doch mal!“, forderte er Cenu auf.

In diesem Moment krachte die Tür zum Garten auf.

Zac fuhr herum und erkannte zwei vermummte Typen, die ins Zimmer stürmten.

Co schrie, als sich die Angreifer auf Cenu stürzten.

Der Kurier schoss hoch und rammte dem ersten Täter die Faust ins Gesicht. Der Mann schrie auf und taumelte zur Seite, die Hände vor das Tuch gepresst, das sein Gesicht bis zu den Augen bedeckte.

Der andere Angreifer holte mit einem Schlagstock

aus, doch Cenu parierte die Attacke mit seinem Unterarm und trat dem Kerl vor die Kniescheibe. Für einen Moment schien es, als würde der Kurier die Oberhand behalten.

Till drängte seinen Nachwuchs und Pia durch die Tür in den kleinen Garten und zerrte sein Handy hervor. „Geht in Deckung, ich rufe die Polizei!“, keuchte er.

Zac verbarg sich hinter einem kleinen Busch, Pia und Co hinter einem anderen, der deutlich größer war. Till duckte sich hinter einer Biotonne, die gegenüber von Zacs Busch stand, und begann zu telefonieren.

Der Junge starrte zurück in das hell erleuchtete Zimmer. Cenu schlug gerade mit einer Stehlampe um sich und hielt die Gegner so auf gewisse Distanz.

Mit großen Augen sah Zac, dass einer der Täter eine Pistole zückte.

Die Lampe sauste hinunter und traf das Handgelenk des Angreifers. Die Waffe polterte zu Boden.

Nun ergriff auch der Kurier die Flucht und türmte in den Garten. Die vermummten Männer waren ihm dicht auf den Fersen.

Der begrünte Innenhof des Hotels hatte einen Zugang zur Straße – und genau dorthin rannte Cenu. Als der Kurier an Zac vorbeikam, warf er ihm einen kleinen, rechteckigen Gegenstand zu.

Reflexartig fing der Junge das Ding auf. Es war ein Smartphone!

„5387!“, rief Cenu.

Der Junge prägte sich die Zahlen ein. Er ahnte, dass es sich um das Passwort handeln musste.

Doch dann erkannte er noch etwas: Einer der Täter hatte abgebremst und den Kurs gewechselt – er kam nun genau auf Zac zu! Dabei knurrte er wie ein Kampfhund, den man gerade von der Leine gelassen hatte.

Ach, du Schande!, durchfuhr es Zac. *Der Typ will bestimmt das Handy!*

Okay, er hätte das Gerät jetzt einfach diesem menschlichen Pitbull zuwerfen können. Aber das wäre nicht Zac gewesen. Das Smartphone musste irgendeinen wichtigen Hinweis enthalten, und deswegen dachte er gar nicht daran, es herauszurücken!

Zac sprang hinter dem Busch hervor und überwand mühelos den Zaun zur Straße. Dann jagte er los.

„Zac, komm zurück!“, hörte er seine Eltern rufen.

Bin gleich wieder da!, versprach Zac ihnen in Gedanken. *Aber vorher muss ich das Handy in Sicherheit bringen!*

Ein Blick über die Schulter. Der Mann hatte die Verfolgung aufgenommen, und Zac registrierte, dass der Typ das Tuch vom Gesicht zog.

Klar, sonst würde er sofort auffallen!, dachte der Junge.

Apropos auffallen, gab es hier denn niemanden, der ihm helfen konnte?

Ein Pärchen schwankte singend die Straße hinunter, und Zac versuchte erst gar nicht, die beiden um Hilfe zu bitten. Stattdessen konzentrierte er sich auf seine Flucht.

Als Parkour-Ass sollte es ihm gelingen, den Kerl abzuschütteln!

Wo war er? Im Laufen las Zac den Namen der Straße, in der er sich gerade befand: Saalgasse.

Der Junge sprintete in östliche Richtung und schob dabei das Smartphone in die Hosentasche. An der nächsten Kreuzung bog er aufs Geratewohl rechts ab und flitzte in Richtung Main. Nach einigen Metern erreichte er noch eine Kreuzung. Wohin jetzt?

Zac rannte nach links und gelangte in eine ruhige, schmale Straße.

Erneut schaute sich der Junge nach seinem Verfolger um.

Mist, der Kerl ließ nicht locker! Und er kam näher,

wie ein lautloser Schatten. Offenbar war der Mann gut im Training.

Zac beschleunigte und floh die Straße hinunter. Rechts und links standen Mehrfamilienhäuser. Licht schimmerte hinter einigen Fenstern, aber niemand war zu sehen. Nicht vor den Gebäuden, nicht auf den Balkonen! Niemand, den er um Hilfe hätte bitten können.

Also weiter!

Am Ende der Straße bog Zac links ab. Er jagte voran und kam an einer Abzweigung vorbei, wo eine Gasse nach links führte und sich in der Dunkelheit verlor. Zac entschied sich dafür, der Hauptstraße zu folgen.

Konnte er sich hier vielleicht irgendwo verstecken?

Ein Jeep blockierte den Bürgersteig direkt vor einem Blumenladen – und plötzlich hatte Zac eine Idee. Er gab noch einmal Vollgas, trat mit dem rechten Fuß auf die Anhängerkupplung des Wagens, katapultierte sich nach oben und landete auf dem Dach des Autos. Keuchend ging er in die Hocke und wartete.

Der Verfolger kam näher. „Jetzt habe ich dich!“, zischte er.

Oder auch nicht, dachte der Junge.

Als der Kerl den Jeep erreichte, sprang Zac auf den

nur einen Meter breiten Ziersims vor dem Blumengeschäft. Er balancierte sich aus und tänzelte über den Vorsprung.

Dann stoppte er. Was machte der Gangster?

Der Mann rannte fluchend den Bürgersteig unter ihm entlang.

Rauf, ich muss noch höher rauf, am besten aufs Dach, überlegte Zac, während er wieder Fahrt aufnahm. *Dorthin wird mir der Typ nicht so einfach folgen können.*

Das Fallrohr einer Regenrinne tauchte vor ihm auf – sehr gut!

Schon hing Zac an dem Rohr und zog sich geschickt hinauf. Aber was war denn das? Ein Knirschen.

Putz rieselte auf seine Finger, eine Schelle sprang ihm entgegen, Schrauben und Dübel platzten aus der Wand. Die rostige Regenrinne gab nach, knickte irgendwo über ihm einfach ab und kippte zur Seite.

„Nein!“, schrie Zac, als es abwärts ging. Der Junge hing an dem Rohr wie ein Leichtathlet bei einem missglückten Stabhochsprung.

Ein verzweifelter Blick nach unten – da, eine breite Hecke!

Fertig machen zur Landung!

Zac ließ los, fiel mit ausgebreiteten Armen und rauschte in die Hecke. Äste zerkratzten seine Hände, ein jäher Schmerz schoss in seinen Knöchel.

Gleichzeitig polterten die Teile der geschrotteten Regenrinne auf die Straße. Das Ganze machte einen Höllenlärm.

Zac krabbelte aus der Hecke und sah sich nach seinem Verfolger um. Der Kerl hatte vor dem Laden Deckung gesucht. Jetzt starrte er in Zacs Richtung. Sekunden später setzte er sich in Bewegung.

Der Junge ignorierte den Schmerz, befreite sich aus der Hecke und folgte dem Straßenverlauf. Dabei drehte er sich abermals um.

Ein Lächeln huschte über sein Gesicht. Der Verbrecher war von wütenden Anwohnern aufgehalten worden. Offenbar verdächtigte man ihn, das Rohr demoliert zu haben. Das geschah ihm recht!

Der Abstand zu dem Mistkerl wuchs. Zac nutzte die Chance und wechselte in die nächstbeste Straße, die nach links verlief. Jetzt hatte er den Typ endgültig abgehängt.

Nach ein paar Metern erreichte der Junge ein mächtiges Gebäude, das wie ein schlafender, schwarzer Riese neben der Straße kauerte.

Er versuchte, sich zu orientieren.

Wo befindet sich Zac?

Schau dir den Stadtplan gut an und notiere den Buchstaben und die Zahl des Quadrats, wo sich Zac gerade befindet! Das ist der Lösungscode für die sechste Rätselfrage. Trag ihn hinten im Buch bei der sechsten Rätselfrage und im Gesamtcode ein!

Zeil
1
2
3
4
Holzgraben
Hasengasse
Str.
An der Staufenmauer
Allee
Liebfrauenstr.
A
Töngesgasse
Stadtbücherei
Im Trierischen Hof
Fahrgasse
Kleinmarkthalle
Ziegel-Gasse
Kurt-Schumacher Straße
Museum für Moderne Kunst
Battonstraße
B
Ehem. Dominikaner-Kloster
Berliner Str.
Krug-Gasse
Domstraße
Neue Kräme
Braubachstr.
Pauls-Kirche
Kannengießer-Gasse
Fahrgasse
C
U
Kaiserdom
Römer
Kunsthalle Schirn
Weckmarkt
Alte Nikolai Kirche
Caricatura Museum
Saal-Gasse
Zum Pfarrturm
Große Fischerstr.
D
Historisches Museum
Mainkai
Main
Alte Brücke
Kunsthalle Portikus
Maininsel
Eiserner Steg
E
Sachsenhäuser Ufer
Färberstr.
Löherstr.
Schulstraße
Dreikönigsstr.
F
Museum für Angewandte Kunst
Schifferstr.
Krankenhaus Sachsenhausen
Str.
Kolb-Straße

Das Handy

„Das war viel zu riskant!“, sagte Pia am nächsten Morgen beim Frühstück noch einmal.

Zac nickte brav. In der vergangenen Nacht war er wohlbehalten vom Kaiserdom zum Hotel zurückgekehrt. Co und seine Eltern waren unendlich erleichtert gewesen, dass ihm nichts zugestoßen war.

Aber dann hatten Pia und Till ihm Vorwürfe gemacht. Wie hatte er nur so leichtsinnig sein können? Die Sache hätte auch ganz anders ausgehen können, betonten sie immer wieder.

Zac hatte die Standpauke über sich ergehen lassen. Das mussten Eltern einfach tun, so waren sie nun mal. Und insgesamt waren seine Mom und sein Dad ja auch okay, nur manchmal eben etwas zu besorgt.

Aber es gab auch interessante Neuigkeiten: Sofort nach seiner Rückkehr hatten seine Eltern noch einmal mit der Polizei telefoniert. Die Fahndung mit drei Streifenwagen nach den vermummten Männern und Cenu war offenbar ergebnislos verlaufen.

Immerhin hatte Zac Cenus Handy, das er in seiner Hosentasche hütete wie einen Schatz, vor den Gangstern retten können, und das war entscheidend.

Natürlich hatten auch Pia und Till einen Blick auf das Smartphone geworfen, aber nur einen flüchtigen.

„Wir sollten es direkt morgen Früh bei der Polizei abliefern, Zac!", hatte Till schließlich gesagt.

Damit war das Thema erledigt gewesen. Aber nur vorerst. Denn Zac brannte darauf, das Handy mit Co gründlicher unter die Lupe zu nehmen. Irgendetwas musste an dem Teil doch wirklich bedeutsam sein, sonst hätte der Kurier es ihm nicht zugeworfen! Doch für eine eingehende Untersuchung war vergangene Nacht keine Zeit mehr gewesen, denn Pia und Till hatten ihren Nachwuchs sofort ins Bett geschickt.

„Hörst du mir überhaupt zu?", drang Pias Stimme an Zacs Ohr.

„Klar doch", antwortete er.

Die Fotografin sah ihn schräg an. „Da bin ich mir nicht so sicher." Mit einem tiefen Seufzer stand sie auf. „Wir müssen jetzt los."

„Was steht denn an?", wollte Co von ihren Eltern wissen.

„Ein Besuch bei Dr. Küfner, dem Uranspezialisten", antwortete Till. „Wir wollen uns noch Details über diese schmutzige Bombe erklären lassen. Wollt ihr mitkommen?"

Co brannte wie Zac darauf, das Handy endlich genauer anzuschauen. Deswegen sagte sie schnell: „Lieber nicht, das klingt so theoretisch. Oder, Zac?"

„Finde ich auch. Bestimmt wird Küfner euch mit unendlich viel Physik zutexten", meinte der Junge. Dieses Fach gehörte nicht gerade zu seinen Favoriten in der Schule. Bei Co sah das anders aus. Sie schrieb in den naturwissenschaftlichen Fächern meistens Einsen oder Zweien.

„Okay", erwiderte Till und ergänzte: „Dann könnt ihr ja noch ein wenig die Innenstadt erkunden oder ins Museum für Moderne Kunst gehen. Das ist gleich in der Nähe. Ich erkläre euch den Weg."

Eine halbe Stunde später waren die Geschwister allein in ihrem Zimmer. Das Museum für Moderne Kunst mochte höchst interessant sein, aber Cenus Handy war im Moment viel spannender.

Zac und Co setzten sich nebeneinander auf die Bettkante, und Zac zog das Gerät aus der Tasche, um das Passwort einzugeben: 5387.

Auf dem Bildschirm erschienen unter anderem diverse Apps von Sportdiensten.

„Cenu scheint ein ziemlicher Fußballfan zu sein“, stellte Zac fest.

„Ja, sieht so aus. Darf ich auch mal?“, fragte Co.

Zac überließ ihr seine Beute. Schließlich kannte sich Co mit so etwas besser aus als er.

Das Mädchen wischte über den Bildschirm.

„Ich frage mich, ob das überhaupt Cenus Handy ist“, meinte sie dabei.

„Wieso denn nicht?“, wollte Zac wissen.

„Angeblich hatte er doch kein Geld und keinen Ausweis. Beides sei im Gefängnis zurückgeblieben“, erklärte seine Schwester. „Gleiches wird für sein Handy gelten. Das hat man ihm garantiert ebenfalls abgenommen.“

„Stimmt“, meinte Zac. „Aber wem gehört es dann?“

Co zuckte mit den Schultern und begann, das Telefonverzeichnis zu durchforsten. Sie schaute sich die Namen an, die dort aufgelistet waren. Gab es hier irgendeinen Hinweis, einen Namen, der ihnen bekannt war?

Sarah Wollny. Dieser Name spukte noch immer in ihrem Kopf herum, auch wenn Cenu behauptet hatte, die Pressesprecherin nicht zu kennen.

Doch ihr Name fehlte in dem Verzeichnis. Co

schloss das Telefonbuch und öffnete den Ordner „Eigene Dateien". Dort fand sie ein paar Musikdateien und einige Downloads – aber nichts war für den Fall von Interesse.

„Wem gehört das Handy?", hörte Co ihren Bruder erneut murmeln.

Plötzlich hielt sie inne. Sie hatte eine Idee.

„Pass auf", platzte sie heraus. „Cenu muss an das Handy gekommen sein, nachdem er aus dem Gefängnis entführt wurde! Die Täter haben ihn garantiert keine Sekunde allein gelassen. Daher wette ich, dass Cenu das Handy seinem Bewacher gestohlen hat. Dem Typ, der im Auto auf ihn aufpassen sollte. Bestimmt hat er es sich geschnappt, als der Kerl bewusstlos war. Und den richtigen Code muss er irgendwann vorher gesehen haben, als der Entführer an seinem Telefon hantiert hat."

Zac wirkte wie elektrisiert. „Genau!", rief er.

„Das heißt, wir haben eine Spur, die uns auf die Fährte der Täter führen könnte!" Co machte weiter und tippte mit dem Zeigefinger auf das Kamera-Symbol. „He, da sind ja jede Menge Fotos gespeichert!", erkannte sie und ging die Bilder durch.

„Viel zu klein, man erkennt zu wenig", maulte sie nach einer Weile und schloss das Handy an ihren Laptop an. Kurz darauf hatte sie mehrere Bilder auf dem großen Bildschirm.

„Schau doch mal!“, sagte sie unvermittelt.

Was hat Co entdeckt?

Schau dir das Bild gut an und notiere den Buchstaben und die Zahl des Quadrats, in dem das entscheidende Detail zu sehen ist! Das ist der Lösungscode für die siebte Rätselfrage. Trag ihn hinten im Buch bei der siebten Rätselfrage und im Gesamtcode ein!

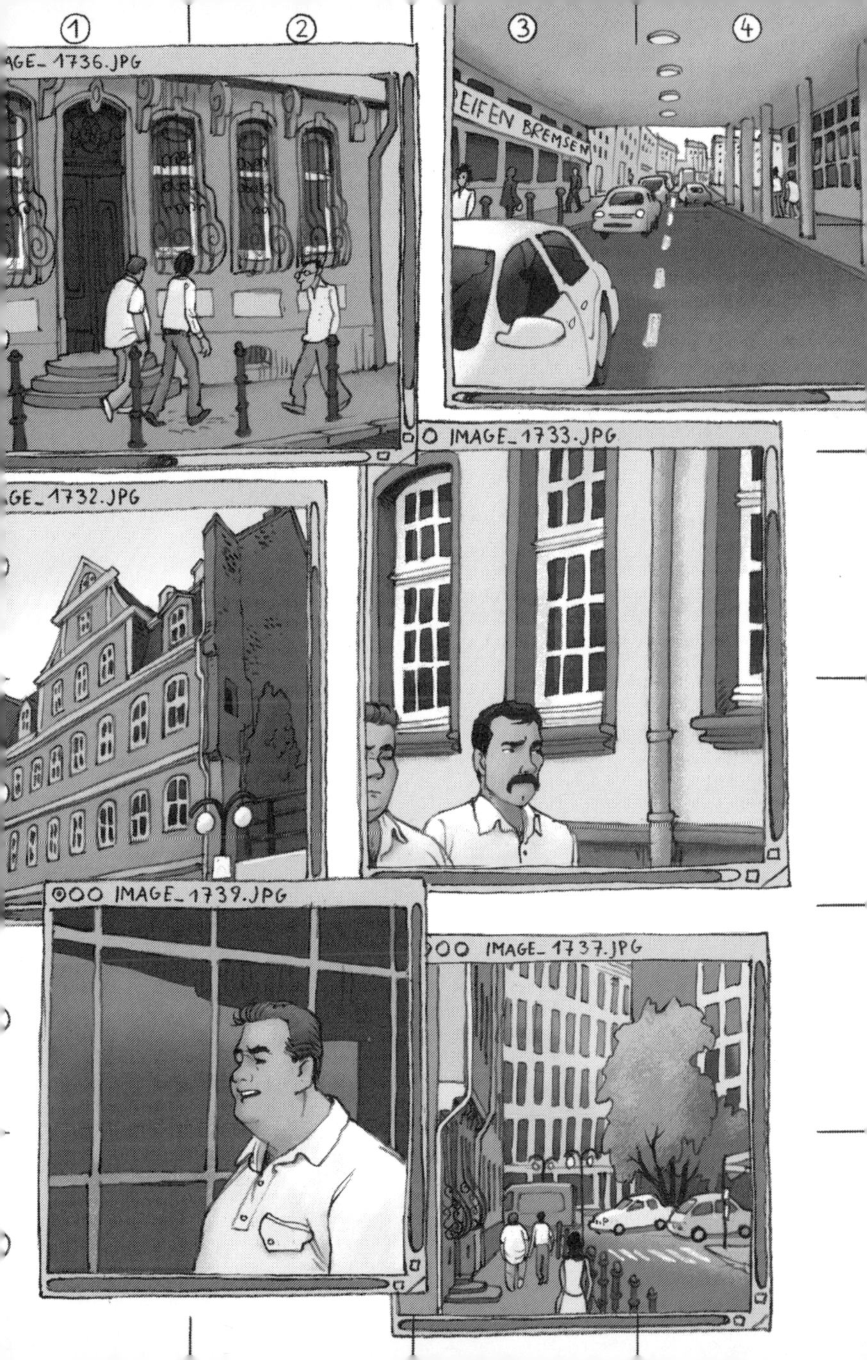

1
2
3
4
AGE_1736.JPG
EIFEN BREMSEN
IMAGE_1733.JPG
GE_1732.JPG
IMAGE_1739.JPG
IMAGE_1737.JPG

Interessante Fotos

„Das ist doch einer der beiden Entführer!“, rief Zac aufgeregt.

Das Mädchen lächelte. „Da hat jemand ein paar nette Erinnerungsfotos geschossen ...“

„Das sind Eins-a-Beweisbilder“, meinte Zac. „Cenu hat doch erzählt, dass er seinen Entführern heimlich gefolgt ist, nachdem er fliehen konnte. Bestimmt sind dabei die Fotos entstanden. Deshalb hat er mir das Handy zugeworfen! Er wollte das Material retten, falls ihn die Männer schnappen.“

Co beugte sich über den Laptop und tippte auf eines der Fotos. „Die Entführer sind auf diesem Bild gerade vor einem ziemlich auffälligen Haus“, bemerkte sie.

Zac schaute sich das prächtige Gebäude an. Es hatte vier Etagen und einen hübschen Giebel. Rechts und links der Eingangstür gab es im Erdgeschoss je drei Fenster, vor denen verschnörkelte Gitter angebracht waren.

„Ich könnte mir vorstellen, dass es sich um ein bekanntes Haus handelt … Aber um welches?“, überlegte er. Plötzlich schnippte er mit den Fingern. „Ich habe eine Idee: Vielleicht kann man uns an der Rezeption weiterhelfen. Wir zeigen dort das Foto und bekommen womöglich einen Hinweis, wo es entstanden ist! Das bringt uns dann hoffentlich auf die Spur der Entführer!“

Co wiegte den Kopf. „Ich weiß nicht. Mir scheint, dass die Typen an dem Haus *vorbeigehen*. Dann nützt es uns herzlich wenig, wenn wir wissen, was das für ein Gebäude ist.“

„Trotzdem, einen Versuch ist es wert“, verteidigte Zac seine Idee. Er wollte sich schon den Laptop schnappen, um damit zum Hotelempfang zu flitzen, als Co ihn bremste.

„Warte“, sagte sie. „Hast du dir das nächste Bild mal genauer angeschaut?“ Nun zeigte sie auf eine Aufnahme, auf der einer der Täter zu einem anderen Gebäude ging. Es war längst nicht so imposant wie das vierstöckige Haus zuvor. Diesmal ging der Täter in das Gebäude hinein, wie auf einem weiteren Bild zu sehen war.

„Da ist ein Schild neben der Tür. Vergrößere das mal!“, drängte Zac.

„Nichts leichter als das“, erwiderte Co. Mit der Befehlskombination „Steuerung“ und „plus“ zoomte sie das Schild heran.

„Ein Labor!“, erkannte Zac atemlos. „Und von einem Labor hat Cenu auch gesprochen, weißt du noch?“

„Logo!“

„Kannst du das Bild noch größer machen, damit wir sehen, um welches Labor es sich handelt? Ist der Name zu erkennen?“, fragte Zac.

Seine Schwester versuchte es. Doch das Ergebnis war enttäuschend. Der Kurier hatte die Aufnahme offenbar aus einem schrägen Winkel und von der anderen Straßenseite aus gemacht. Das Wort „Labor" war gerade noch zu lesen, aber die Informationen, die darunter in deutlich kleinerer Schrift standen, verschwammen.

„Mist!", schimpfte Zac. „Aber vielleicht liegt das andere Gebäude, das vierstöckige, irgendwo in der Nähe dieses Labors. Schließlich kommen diese Fotos direkt vor denen am Labor. Ich finde, wir sollten wirklich einfach mal unten bei der Rezeption fragen!"

Mit dem Rechner gingen die Geschwister zu der freundlichen Empfangsdame.

„Guten Morgen! Kann ich euch beiden helfen?", fragte sie.

„Bestimmt", antwortete Zac optimistisch und stellte den Laptop so auf den Tresen, dass die Frau das Foto des vierstöckigen Gebäudes sehen konnte. „Kennen Sie dieses Haus?"

Die Frau lachte. „Aber natürlich! Das ist unser Goethe-Haus! Der berühmte Dichter wurde dort geboren!"

Zac hielt einen Moment die Luft an. Das Goethe-Haus, hervorragend! Sie hatten eine heiße Spur!

„Oh, wie interessant!“, sagte er. „Das Museum sollten wir uns mal anschauen!“

„Unbedingt“, empfahl die Frau. „Ihr könnt dort Goethes Studierzimmer bewundern. Außerdem gibt es eine Gemäldeausstellung.“

„Cool“, meinte Zac. „Und wo finden wir das Goethe-Haus?“

„Nicht weit vor hier. In der Straße Großer Hirschgraben. Da könnt ihr zu Fuß hingehen“, erwiderte die Frau und zeigte den beiden den Weg auf einem Stadtplan. „Tausend Dank, wir laufen gleich hin!“, rief Zac.

Nachdem die Geschwister den Laptop ins Zimmer gebracht hatten, flitzten sie sofort los.

„Lass uns am Goethe-Haus mal die Umgebung checken. Wenn wir Glück haben, finden wir das Labor!“, meinte Zac unterwegs und zog Cenus Handy hervor. „Das habe ich mal lieber mitgenommen. So können wir die umliegenden Häuser mit dem Gebäude auf dem Foto vergleichen!“

Über die Limpurger- und die Buchgasse sowie den Kornmarkt gelangten die beiden zur Berliner Straße, hielten sich dort links und bogen kurz darauf rechts in die Einbahnstraße Großer Hirschgraben ein. Sie folgten der schmalen Straße, bis sie vor dem Goethe-Haus standen.

„Also", meinte Zac und schaute sich um. „Eigentlich müsste das Labor doch ganz in der Nähe sein."

Die Geschwister liefen die Straße auf und ab und sahen sich dabei um.

„Fehlanzeige!", sagte Co enttäuscht. „Hier gibt es kein Labor."

Doch Zac wollte nicht so schnell aufgeben. Noch einmal ging er die Fotos auf dem Handy durch. Jedes der Bilder hatte eine Signatur aus Zeit und Datum. Zac sah, dass ihn seine Intuition nicht getäuscht hatte: Die Fotos vor dem Goethe-Haus und die vor dem Labor lagen nur wenige Minuten auseinander. „Vielleicht sind die Entführer beim Goethe-Haus vorbeigelaufen, um noch etwas zu besorgen – oder sie haben Cenu noch zu verfolgen versucht und waren hier auf dem Rückweg zu ihrem eigentlichen Ziel. Aber weit sind sie danach bestimmt nicht mehr gegangen."

Also gingen die Geschwister weiter und erreichten die angrenzende Straße Kleiner Hirschgraben, wo sie ihre Suche fortsetzten.

Nach einer Weile ließ sich Co auf eine Bank sinken. „So ein Mist, hier ist auch kein Labor!"

„Bist du dir sicher?", fragte ihr Bruder. Sein Gesicht zierte ein genüssliches Grinsen.

Seine Schwester sah ihn überrascht an. „Wo ist es? Sag schon!“

„Da vorn!“, meinte der Junge und deutete auf ein ganz bestimmtes Haus.

Auf welches Haus zeigt Zac?

Schau dir das Bild gut an und notiere den Buchstaben und die Zahl des Quadrats, in dem das entscheidende Detail zu sehen ist! Das ist der Lösungscode für die achte Rätselfrage. Trag ihn hinten im Buch bei der achten Rätselfrage und im Gesamtcode ein!

Das geheimnisvolle Labor

„Zac, du altes Adlerauge!“, freute sich Co. „Das ist mir glatt entgangen.“

„Tja, dieser Punkt geht an mich“, meinte ihr Bruder und grinste von einem Ohr zum anderen.

Die beiden marschierten zu dem Gebäude. Das Schild verkündete, dass dort ein Labor für chemische und physikalische Analysen aller Art untergebracht war. Auf dem Schild prangte auch der Name Dr. S. Wredenstein.

„Ob die da drinnen auch Uran unter die Lupe nehmen?“, flüsterte Co, nachdem sie ihren Bruder ein Stück vom Eingang weggezogen hatte.

„Warum nicht?“, antwortete Zac ebenso leise. „Und womöglich nicht nur das. Vielleicht werden da auch schmutzige Geschäfte abgewickelt. Sonst wäre der Entführer nicht dorthin gegangen.“

„Hm“, machte Co. „Du meinst, dass dieses Labor etwas mit Cenus Kurierdienst zu tun hat?“

Ihr Bruder zuckte nur mit den Schultern.

„Aber Cenus Uran wurde doch schon am Frankfurter Flughafen beschlagnahmt“, meinte das Mädchen skeptisch.

Zac wurde ungeduldig. „Okay, mag ja sein. Aber wieso läuft der Entführer zu diesem Laden?“, beharrte er.

„Ja, da hast du auch wieder Recht. Irgendeine Verbindung muss es geben, auch wenn es vermutlich nicht Cenus Uranlieferung ist“, meinte Co nun. „Dann lass uns das Labor mal ausspionieren.“

Zac lachte leise auf. „.Aber wie sollen wir das anstellen? Wir können da doch nicht einfach reinspazieren und rumschnüffeln ...“

Jetzt war es Co, die ungeduldig wurde. „Natürlich nicht! Das müssen wir schon etwas geschickter anstellen.“

„Ich höre ...“

„Jetzt lass mich doch mal nachdenken!“, sagte Co und ging in sich. Sie blickte zurück zum Labor. Gerade hielt der Lieferwagen eines Paketzustellers mit eingeschalteter Warnblinkanlage direkt vor dem Eingang. Ein junger Mann sprang aus dem Fahrzeug und verschwand mit einem Paket durch die Tür.

Ein junger Mann ... Unvermittelt hatte Co eine Idee!

„Wir geben uns als Schüler aus, die eine Praktikumsstelle suchen“, flüsterte sie Zac zu. „So könnten wir wenigstens in das Haus gelangen!“

„Und dann?“

„Abwarten. Ein Schritt nach dem anderen.“ Co sah ihren Bruder herausfordernd an. „Bist du dabei?“

Zac sog hörbar die Luft ein. „Aber sicher doch!“, meinte er dann.

Mit klopfendem Herzen betraten die beiden das Firmengebäude. Gleich hinter der Tür öffnete sich ein freundlich gestaltetes Foyer mit einer kleinen Sitzgruppe und einem Tresen, hinter dem eine Frau mit einer Brille thronte. Als die Geschwister eintraten, blickte sie von einem Monitor auf.

„Guten Tag, wohin wollt ihr bitte?“, fragte sie.

Co meinte, eine Spur Misstrauen aus ihrer Stimme herauszuhören. Aber vielleicht bildete sie sich das auch nur ein. „Wir sind Schüler und suchen Praktikumsplätze“, flunkerte sie. „Und wir interessieren uns beide sehr für Naturwissenschaften!“

In ihrem Fall stimmte das sogar. Aber bei Zac …

Ihr Bruder spielte jedenfalls mit und nickte eifrig.

„Daher wollten wir bei Ihrer Firma nachfragen, ob Sie vielleicht zwei freie Stellen in den nächsten Ferien haben“, fuhr Co fort.

„Mal schauen", sagte die Frau. „Wir haben wirklich extrem viele Anfragen!"

„Das glaube ich gerne, das ist ja auch ein tolles Unternehmen", sagte Co. Hoffentlich trug sie jetzt nicht zu dick auf.

„Richtig", sagte die Frau und strahlte. „Aber ich kann das ohnehin nicht entscheiden. Ihr müsst euch an unsere Verwaltung wenden. Die zuständige Kollegin sitzt im ersten Stock, Zimmer 7, Frau Kohlbrand. Ihr lauft einfach den Flur entlang und rechts die erste Treppe rauf. Könnt ihr überhaupt nicht verfehlen."

„Super, danke", sagte Co und wandte sich mit Zac zum Gehen.

„Einen Moment noch", wurden die beiden jäh gebremst.

Co schluckte. Was kam denn jetzt noch? Langsam drehte sie sich um.

Die Frau am Tresen strahlte nicht mehr. Es war allenfalls ein kümmerliches Lächeln übrig geblieben. „Ihr habt ja gar keine Bewerbungsunterlagen dabei, sehe ich gerade", stellte sie kühl fest.

Verdammt!, dachte Co.

„Äh, ja. Das stimmt natürlich", druckste sie herum. „Wir wollten erst einmal hören, ob überhaupt

Stellen frei sind. Dann reichen wir die Unterlagen natürlich sofort nach."

„Ah ja", meinte die Frau gedehnt und wandte sich wieder dem Bildschirm zu.

Co zupfte ihren Bruder am Ärmel. „Komm", sagte sie.

Die beiden gingen ein Stück den Korridor hinunter und kamen an einigen Büros vorbei, deren Türen geschlossen waren.

„Und jetzt, was willst du tun?", wisperte Zac, als sie außer Hörweite der Frau waren.

Gute Frage, dachte Co. Soeben hatten sie die Treppe erreicht.

Plötzlich blieb Co stehen. „Guck mal, da links", raunte sie ihrem Bruder zu.

„Da geht es runter zum Labor", erkannte Zac, der das entsprechende Hinweisschild nun ebenfalls entdeckt hatte. „Aber wir sollen doch rauf …"

Co blickte sich schnell um. Außer ihnen war niemand auf dem Flur und die Frau am Empfang wandte ihnen den Rücken zu.

„Ich bin für eine spontane Richtungsänderung", wisperte das Mädchen und huschte auch schon die Stufen hinunter.

Der leicht entgeisterte Zac folgte ihr.

Sie erreichten einen weiteren gefliesten Korridor. Die Wände waren weiß gestrichen. Unter der Decke hingen Neonlampen, die ein kaltes Licht verbreiteten. Graue Metalltüren reihten sich aneinander. An einer stand ein Warnhinweis: „Kein Zutritt“.

„Wenn uns hier jemand erwischt, haben wir ein Problem“, zischte Zac.

„Vermutlich. Genau deshalb sollten wir uns nicht erwischen lassen“, erwiderte Co und versuchte, sich ihre eigene Nervosität nicht anmerken zu lassen.

Sie zögerte. Was tun?

Gedanken wirbelten durch ihren Kopf. Ja, sie hatte Angst, gestand Co sich ein. Unvermittelt sah sie sich wieder auf dem Main Tower und hörte die warnende Stimme des Unbekannten hinter ihr: *Wir beobachten euch …*

Sie musste an die Entführung von Cenu denken, den brutalen Überfall im Hotel und Zacs beherzte Flucht mit dem Handy. Und jetzt waren sie und ihr Bruder in einem geheimnisvollen Labor, wo sie eigentlich nichts verloren hatten.

Wir beobachten euch …

Was, wenn plötzlich einer der Täter hier auftaucht?, fragte Co sich.

Aber warum sollten die Verbrecher jetzt noch hier

sein? Und überhaupt: Was hatten sie im Labor gewollt, welche Verbindung gab es zwischen …

„Träumst du? Was machen wir jetzt?“, riss Zac seine Schwester aus ihren Gedanken.

Co zuckte zusammen. Aber nicht wegen Zacs Bemerkung. Da waren Schritte über ihnen!

Jemand kam die Treppe hinunter. Co wechselte hektische Blicke mit ihrem Bruder.

Ohne groß nachzudenken, öffnete das Mädchen die nächstbeste Tür und zog Zac mit sich.

Im Licht, das vom Flur in den Raum fiel, schaute sich Co rasch um. Niemand war hier. Sehr gut! Leise schloss sie die Tür. Dunkelheit senkte sich über sie.

Co legte ein Ohr an das Metall der Tür und lauschte.

Schritte hallten durch den Gang. Jemand kam auf den Raum zu, in dem sich die Geschwister verbargen!

Bitte, geh weiter!, flehte das Mädchen in Gedanken.

Jetzt wurden die Schritte etwas leiser und waren schließlich gar nicht mehr zu hören. Eine Tür schlug. Dann herrschte Stille.

Co atmete auf, drehte sich um und suchte nach einem Lichtschalter. Wo waren sie hier überhaupt gelandet?

Einen Moment später hatte Co den Schalter gefunden. Eine Neonröhre begann zu flackern.

Sie befanden sich in einem klinisch weißen Raum mit Tischen und verschlossenen Schränken an den Wänden. Co sah Mikroskope, diverse Kolben und Reagenzgläser, einen Gasabzug, einige Brenner sowie zwei Waschbecken. Alles war tipptopp aufgeräumt und wirkte sehr sauber. An der Wand gegenüber gab es zwischen zwei Regalen, die bis unter die Decke reichten, eine weitere Tür.

„Lass uns verschwinden, bevor uns noch jemand entdeckt", drängte Zac.

Co nickte. Ihr Bruder hatte Recht. Jede Sekunde konnte ein Mitarbeiter des Labors hereinspazieren. Es war pures Glück gewesen, dass der Mann oder die Frau gerade vorbeigegangen war.

Also glitt Co zur Tür zum Flur und wollte sie gerade öffnen, als sie von dort erneut Geräusche vernahm.

„Da sind Leute", wisperte sie. „Wir können nicht raus!"

„Dann warten wir eben, bis die Luft rein ist", flüsterte Zac.

„Nein", erwiderte seine Schwester. „Was ist, wenn einer von denen reinkommt? Lass es uns durch den anderen Ausgang versuchen!"

Die Geschwister schlichen zur zweiten Tür.

Als Co die Hand ausstreckte, um die Klinke herunterzudrücken, bemerkte sie, dass die Tür nur angelehnt war. Und noch etwas wurde ihr klar: Im angrenzenden Raum war jetzt jemand. Sie hörte leise Stimmen! Auch hier kamen sie nicht raus!

Co warf ihrem Bruder einen warnenden Blick zu und legte einen Finger an die Lippen.

Zac zog sie dicht neben die Tür. Co verstand: Wenn jemand hereinplatzen sollte, würden sie und ihr Bruder den besten Sprint ihres Lebens hinlegen und irgendwie versuchen, aus diesem Labor zu entwischen!

Doch niemand kam. Dafür wurden die Stimmen aus dem Nachbarraum lauter. Co konnte einfach nicht anders: Sie sperrte die Lauscher auf.

Es schien sich um zwei Personen zu handeln, eine Frau und einen Mann.

„Bist du dir sicher?“, fragte die Frau gerade.

„Absolut!“, erwiderte der Mann. „Alles ist genau geplant, es kann nichts schiefgehen.“

„Das darf es auch nicht. Du weißt, was auf Uranschmuggel steht, oder?“

Uranschmuggel? Co wurde heiß.

Der Mann lachte leise. „Tja, wenn sie uns schnappen, würden wir wohl für längere Zeit von der Bildfläche verschwinden.“

Etwas wurde über den Boden gezogen. Co tippte auf einen Stuhl.

„Was ist mit diesem verfluchten Kurier?“, fragte die Frau dann. „Ich fürchte, dass er uns gefährlich werden kann.“

Der Mann schnaufte verächtlich. „Der Typ ist auf der Flucht. Er hat sich wohl irgendwo verkrochen. Aber er hat kein Geld, keinen Ausweis, noch nicht mal mehr das Handy. Und zur Polizei traut der sich nicht. Die würden ihn doch sofort wieder einlochen. Nein, der Kerl kann uns jetzt nicht mehr schaden, glaub mir.“

„Hoffentlich. Schaltet ihn sicherheitshalber aus. Sorgt dafür, dass er nicht quatscht, und verhindert vor allem, dass er wieder zu diesen nervigen Journalisten schleicht. Was machen die gerade?“

„Die Eltern sind bei diesem Physiker, diesem Küfner“, antwortete der Mann.

Woher wissen die das?, wunderte sich Co.

Wurden Pia und Till etwa die ganze Zeit über beschattet? Und Zac und sie selbst? Galt das etwa auch für sie? Ein Schauder lief ihr über den Rücken.

„Und die Blagen?“

„Keine Ahnung, um die haben wir uns nicht gekümmert. Die zwei sind doch noch Kinder. Wir haben ihnen auf dem Main Tower einen schönen Schrecken eingejagt, die werden nicht aufmucken. Und die Eltern sind auch gewarnt."

Co schaute zu ihrem Bruder und atmete auf. Zac grinste und reckte den rechten Daumen nach oben.

„Okay", sagte die Frau. „Dann läuft also alles nach Plan. Du schaffst das Zeug aus dem Land ..."

„Genau", bestätigte ihr Gesprächspartner und lachte erneut. „Hätte nie gedacht, dass es so leicht sein würde, Uran nach Frankfurt zu schmuggeln."

Die Frau stimmte in sein Gelächter ein. „Ja, die Bullen und der Zoll haben gepennt. Und jetzt scheffeln wir mit dem Uran aus Moldawien Millionen!"

Co wunderte sich: War etwa noch Uran übrig? Wie konnte das sein? War auf dem Flughafen gar nicht alles beschlagnahmt worden? Sie verstand nur Bahnhof und schaute erneut zu ihrem Bruder. Auch Zac wirkte ratlos.

„In einer Stunde geht es los", sagte der Mann nun. „Von Friedrichsdorf aus."

Was sollte das nun wieder bedeuten? Co war vollends verwirrt.

„Sehr gut, ich werde nachkommen", kündigte die Frau an. „Bei den Verkaufsverhandlungen heute Abend in Genua sitze ich mit am Tisch. Bei diesen

Leuten müssen wir höllisch aufpassen. Das sind Kriminelle."

Da seid ihr ja in bester Gesellschaft!, dachte Co.

„Außerdem verstehen die sich aufs Handeln", ergänzte die Frau. „Die werden versuchen, den Preis zu drücken."

„Ich dachte, der Preis wäre längst vereinbart. Zwanzig Millionen Dollar", wandte ihr Gesprächspartner ein.

„Pah, daran wollen die sich garantiert nicht mehr erinnern. Es wird neu verhandelt. Aber ich werde hart bleiben, verlass dich drauf. Die brauchen das Uran für ihre schmutzige Bombe. Also sind wir in der besseren Position. Ohne uns keine Bombe, so einfach ist das", sagte die Frau kalt. „Ich könnte außerdem vorgeben, wir hätten noch andere Interessenten. Zwanzig Millionen und keinen Dollar weniger."

Die beiden unterhielten sich weiter über ihre unangenehmen Geschäftspartner, aber Co hörte nicht mehr richtig hin. In einer Stunde würde das Uran also schon aus Deutschland geschafft. Das mussten Zac und sie verhindern!

Wie wollen die Täter die heiße Ware weiterschmuggeln?, überlegte Co fieberhaft. *Mit einem Schiff?*

Genua lag an der Küste Italiens, das wusste Co.

Oder planten die Typen, das Uran in einem Auto oder in einem Zug zu verstecken, um es außer Landes zu bringen? Ein Auto konnte unauffällig sein, ein Zug war groß und bot womöglich viele Versteckmöglichkeiten. Und was war mit einem Flugzeug oder einem Hubschrauber? Immerhin hatten die Täter damit schon einmal Erfolg gehabt!

Co dachte weiter nach – und mit einem Mal war sie sich ziemlich sicher, welches Verkehrsmittel die Täter verwenden würden, um das Uran zu schmuggeln.

Welches Verkehrsmittel vermutet Co?

a) Schiff. Code: D 1
b) Auto. Code: M 9
c) Zug. Code: J 2
d) Flugzeug/Hubschrauber. Code: P 6

Schau dir das Kapitel noch einmal genau an, achte darauf, was die beiden Unbekannten sagen. Dann notiere den Buchstaben und die Zahl hinter dem Transportmittel, das Co vermutet. Das ist der Lösungscode für die neunte Rätselfrage. Trag ihn hinten im Buch bei der neunten Rätselfrage und im Gesamtcode ein!

Im Schrank

Zac wurde von seiner Schwester angestupst. Sie deutete zur gegenüberliegenden Seite des großen Raums und huschte dorthin.

Zac folgte.

„Die wollen das Uran mit dem Flugzeug aus Frankfurt rausschmuggeln", flüsterte sie.

„Wie kommst du denn da drauf?", wollte der Junge wissen.

„Überleg doch mal: Genua ist weit entfernt. Wenn das Uran bereits heute Abend dort verkauft werden soll, kann es nur mit einem Flugzeug oder einem Hubschrauber transportiert werden. Bahn, Auto oder Schiff wären alle viel zu langsam!", erklärte Co aufgeregt. „Und ..."

„Psst", machte Zac, weil er ein Handy hatte klingeln hören.

Angespannt lauschten die beiden.

„Was?", rief die Frau im Nebenraum jetzt empört. „Das ist ja eine Frechheit!"

Eine halbe Minute verstrich, dann war wieder die weibliche Stimme zu hören: „Das war Frau Hausener vom Empfang. Zwei Jugendliche waren vorhin bei ihr, weil sie sich angeblich für ein Praktikum bewerben wollten. Hausener hat die beiden nach oben zur Verwaltung geschickt, aber dort sind sie nie angekommen ... Es handelt sich um einen Jungen und ein Mädchen. Frau Hausener hat sie mir beschrieben." Sie fasste schnell zusammen, was sie erfahren hatte.

„Verdammt, das könnten die Kids der Presseleute sein!", stieß der Mann wutentbrannt hervor. „Von wegen Praktikanten! Wenn wir Pech haben, sind die beiden Schnüffler längst irgendwo im Labor unterwegs!"

„Du sagst es, wir müssen sie schnappen, und zwar sofort. Ich hole sicherheitshalber noch Verstärkung!", rief die Frau und begann erneut zu telefonieren.

Wir müssen hier weg!, schrie eine Stimme in Zac.

Aber wohin? Es blieb nur der Flur.

Während die Frau noch telefonierte, öffnete der Junge vorsichtig die Tür. Er spähte nach rechts und links.

„Okay, die Luft ist rein!", flüsterte er und gab Co ein Zeichen, ihm zu folgen.

Die Geschwister flitzten die wenigen Meter zur Treppe.

Jäh bremste Zac. Da kamen ihnen zwei Männer entgegen! Der eine war ziemlich dick, der andere hatte einen imposanten Schnauzbart. Beide steckten in weißen Kitteln. Das musste die angedrohte Verstärkung sein.

Der Junge wirbelte herum und floh mit seiner Schwester den Korridor hinunter.

„Stehen bleiben!", rief jemand.

Von wegen!, dachte Zac, während er beschleunigte. Jetzt hörte er eine Tür schlagen. Das waren bestimmt der Mann und die Frau, die sie gerade belauscht hatten. Inzwischen waren ihnen also gleich vier der Verbrecher auf den Fersen!

Die Geschwister erreichten das Ende des Flurs, der in einen anderen Gang mündete.

Zac wandte sich spontan nach rechts. Er schaute zurück. Niemand zu sehen, sie hatten ein wenig Vorsprung! Ein kurzer Sprint, vorbei an mehreren Räumen zu einer Stahltür.

Zac rüttelte am Griff.

Verschlossen!

Er nahm Co bei der Hand und schob sie in den nächstbesten Raum. Es handelte sich um ein weiteres Labor – und auch diesmal war es zum Glück gerade verwaist. Zac ließ die Tür einen Spalt offen und lauschte in den Gang. Hektische Stimmen wurden laut.

„Wir teilen uns auf!“, hörte er das Kommando der Frau. „Wir gehen nach links, ihr beiden nach rechts!“

Mist, könnt ihr nicht alle nach links gehen?, dachte Zac.

Er zog sich mit Co tiefer in den Raum zurück. Hinten gab es wie in dem anderen Labor eine weitere Tür. Offenbar waren im Keller alle Arbeitsbereiche miteinander verbunden.

Da platzten die beiden Typen in den Kitteln herein. Als sie die Geschwister erblickten, blieben sie stehen. „Da haben wir die beiden ja!“

Noch nicht!, dachte Zac und wandte sich zur Flucht. Der Hinterausgang war sein Ziel. Doch Co war angesichts der beiden Männer für kurze Zeit wie gelähmt.

„Halt, komm gefälligst her!“, rief der Dicke Zac hinterher, während sich sein Kollege auf Co stürzen wollte.

In letzter Sekunde erwachte das Mädchen aus seiner Erstarrung und wich dem Bärtigen aus. Der Mann rauschte an Co vorbei und sie stellte ihm ein Bein.

Der Angreifer hob ab und krachte gegen einen Tisch, auf dem Reagenzgläser in Reih und Glied standen. Sie wurden hinuntergefegt und explodierten förmlich auf dem gefliesten Boden.

„Das darf doch wohl nicht wahr sein!“, gellte die Stimme des Dicken, der sich schnaufend wie eine Dampfmaschine in Bewegung setzte.

Co sprang über den bärtigen Mann und folgte ihrem Bruder, der bereits im angrenzenden Raum war und dort das Licht angeschaltet hatte. Dieses Zimmer war recht klein, mit Schränken vollgestellt und hatte einen weiteren Zugang.

Sobald Co an seiner Seite war, knallte Zac die Tür zu und stemmte sich dagegen.

„Wir brauchen etwas, um den Eingang zu versperren“, zischte er. „Hilf mir, schau dich um!“

Schon rammte jemand von der anderen Seite gegen die Tür, die einen Spalt aufschwang, obwohl sich Zac mit aller Kraft dagegenstemmte.

„Beeil dich!“, flehte er.

Kurzerhand riss Co einen der Schränke auf. Eimer, Lappen – und ein Schrubber!

Sehr gut, das ist hier wohl der Putzraum!, dachte das Mädchen und sprang zu Zac. Gemeinsam drückten sie den Schrubber unter die Klinke, um sie dadurch zu blockieren.

Schwer atmend lehnten sich die Geschwister gegen die Tür. Von der anderen Seite prasselten Fäuste gegen das Holz.

„Das werdet ihr uns büßen“, drohte der Dicke.

Co zog ihr Handy hervor, weil sie ihre Eltern alarmieren wollte. Doch hier unten hatte sie kein Netz!

„Was machen wir nur?“, flüsterte sie und fühlte sich plötzlich unendlich klein.

„Uns hier verstecken“, erwiderte Zac. Er klang erstaunlich ruhig, was Co tröstlich fand. „Aber erst legen wir eine falsche Fährte.“

Co sah ihn fragend an.

„Pass auf“, sagte Zac leise und ging zur gegenüberliegenden Tür des kleinen Raums. Er zog sie auf und ließ sie laut ins Schloss krachen. „Die werden bestimmt denken, dass wir abgehauen sind“, erklärte er leise, schlüpfte in einen der Putzspinde und zog die Tür hinter sich zu.

Gute Idee!, dachte das Mädchen und wählte einen anderen der hohen Schränke.

Den wenigen Platz teilte sie sich mit einem Wischmopp. Zu ihren Füßen standen zwei weiße Eimer. Es roch nach einem scharfen Reinigungsmittel. Die Tür hatte in Hüfthöhe zwei sehr schmale, waagerechte Schlitze, die wohl der Belüftung dienten und es Co erlaubten, in das Zimmerchen zu spähen – wenn sie sich bückte.

Jetzt begann das Warten. Co betete, dass der Plan ihres Bruders funktionierte.

Nach einer Minute hörte sie etwas splittern. Co zuckte zusammen. Das war garantiert der Schrubber, den sie unter die Klinke geklemmt hatten. Sie ging in die Knie und sah durch einen der Schlitze, wie zwei Gestalten an ihr vorbeistürmten.

„Die sind abgehauen“, knurrte der Bärtige.

„Weit können sie nicht sein. Komm, wir sagen der Wredenstein Bescheid.“

Der Wredenstein? Co überlegte. Hieß die Frau, die

sie vorhin belauscht hatten, etwa so? Warum nicht? Am Schild vor dem Labor hatte schließlich nur S. Wredenstein gestanden. Es gab eine ganze Menge weibliche Vornamen, die mit einem S begannen. Dann war also die Laborchefin höchstpersönlich in den Fall verwickelt! Galt das auch für den Bärtigen und den Dicken? Oder waren die beiden nur auf der Fährte von zwei vermeintlichen jugendlichen Einbrechern namens Zac und Co?

Jetzt rumpelten die beiden Männer aus dem Putzraum und löschten dabei das Licht.

Co lehnte sich an die kühle Metallrückwand des Spindes. Wo waren sie hier nur wieder reingeraten?

Sie war hier eingepfercht in diesem stinkenden Schrank, es war dunkel, sie konnte nicht telefonieren und noch nicht mal mit Zac sprechen, weil sie es nicht wagte, ihrem Bruder etwas zuzurufen.

Wie sollten sie vorgehen? Warten, bis es ruhiger wurde, und dann einen zweiten Fluchtversuch unternehmen?

Das erschien Co am besten.

Also musste sie sich gedulden, denn nach wie vor waren Rufe zu vernehmen. Minuten verstrichen. In der Dunkelheit kamen sie Co endlos vor. Die Zeit schien stillzustehen.

Doch plötzlich quietschte die Tür und das Licht flammte auf.

Co hielt den Atem an und linste durch den Spalt in den Putzraum.

Ein Mann stand am Lichtschalter. Sie sah nur die untere Hälfte seines Rückens und die Beine. Die rechte Hand baumelte herab.

Da erstarrte das Mädchen. Auch wenn Co das Gesicht des Mannes nicht sehen konnte, so war sie sich dennoch sicher, ihm schon einmal begegnet zu sein!

Welches Detail löst Cos Verdacht aus?

Schau dir das Bild gut an und notiere den Buchstaben und die Zahl des Quadrats, in dem das entscheidende Detail zu sehen ist! Das ist der Lösungscode für die zehnte Rätselfrage. Trag ihn hinten im Buch bei der zehnten Rätselfrage und im Gesamtcode ein!

Flugplatz in Flammen

Das Mädchen hätte am liebsten laut aufgeschrien. Nein, nein, nein! Das durfte nicht wahr sein. Nicht dieser Mann, das war doch undenkbar!

Oder?

Nein, war es nicht. Co sah das Feuermal auf der Hand ganz deutlich. Kein Zweifel möglich. Ihr war es, als habe man ihr den Boden unter den Füßen weggezogen.

Sie versuchte, den Schock zu verdauen und ruhig zu bleiben.

Kommissar Dörner brummelte irgendetwas und drehte sich um die eigene Achse. *Er sucht etwas,* ahnte das Mädchen.

Mich.

Co sah, wie der Beamte auf den Schrank zuging, in dem Zac sich versteckt hatte.

Bitte nicht!, flehte das Mädchen.

Dörner legte seine Pranke auf den schmalen Türgriff des Spindes.

Nein!

Co spürte, wie ihr Herz hämmerte. *Jetzt hat er Zac, jetzt hat er uns!* Plötzlich glaubte sie, in ihrem winzigen Versteck keine Luft mehr zu bekommen.

Ein ärgerliches Schnaufen. Dörner drehte sich um, ohne den Spind geöffnet zu haben.

Co konnte ihr Glück kaum fassen.

Mit brennenden Augen beobachtete sie, wie der Polizist den Raum endlich verließ.

Leise zählte Co bis fünfzig. Dann wagte sie es, aus dem Spind zu schlüpfen. Auch Zac kam hervor.

„Dörner!", stieß Co entgeistert hervor. „Den hatte ich nicht auf dem Zettel! Hast du das Feuermal gesehen?"

Zac nickte. Auch er war fassungslos. „Die Laborchefin Wredenstein scheint mit ihm unter einer Decke zu stecken!"

Dann schaute Zac seine Schwester an. In ihren Augen stand eine Frage: *Wie kommen wir hier raus?*

Wortlos wählte Zac den Weg, den auch Dörner genommen hatte. Dann legte er das Ohr an die Tür zum Flur.

„Sie sind nicht mehr hier unten!", hörte Zac den Beamten rufen. „Alle Mann rauf!"

Gut!, dachte der Junge.

Mit seiner Schwester schlüpfte er in den Gang. Hektisch schaute er sich um.

Da! Ein schmales, rechteckiges Fenster, das in etwa anderthalb Metern Höhe eingebaut worden war und auf Kipp stand!

Auf Zehenspitzen schlichen die Geschwister dorthin. Zac öffnete das Fenster ganz und blickte in einen schmutzigen Lichtschacht, in dem sich braune Blätter und Zigarettenstummel angesammelt hatten. Nach oben war der Schacht mit einem Gitter gesichert, damit niemand hineinfiel. Zac stemmte sich an der Mauer hoch, schlüpfte in den engen Schacht und drückte gegen das Gitter über seinem Kopf.

Es gab nach und ließ sich beiseiteschieben! Der Junge peilte die Lage. Er befand sich in irgendeiner Straße, vermutlich hinter dem Labor. In einiger Entfernung ging ein alter Mann mit seinem Hund spazieren. Sonst war niemand zu sehen, das war ihre Chance!

„Komm!“, flüsterte er seiner Schwester zu.

Co kletterte ebenfalls aus dem Keller und die Geschwister rannten die Straße hinunter. Bloß weg!

Schließlich erreichten sie den Kornmarkt, wo es eine Eisdiele gab, die brechend voll war.

Hier tauchten Zac und Co in der Menge meist junger Leute unter und setzten sich an einen der kleinen

Tische – und zwar so, dass man sie von der Straße aus nicht sehen konnte.

„Die Täter wollen das Uran jetzt sicher schleunigst ins Ausland schmuggeln – und das geht nur vom Flughafen aus!“, vermutete Zac. „Wir müssen uns beeilen, wenn wir sie stoppen wollen. Ruf du Pia und Till an, ich alarmiere die Polizei.“

Co nickte und begann zu telefonieren.

Zac überlegte einen Moment. An wen sollte er sich wenden? An Dörner ja wohl kaum … Kurzerhand googelte er die Frankfurter Polizei und erhielt so eine Telefonnummer. Bevor er anrief, tauchte eine Kellnerin auf und fragte nach ihren Wünschen. Sie bestellten Eisbecher.

Dann wählte Zac die Nummer und wurde zweimal weiterverbunden. Als der Junge endlich an die angeblich richtige Dienststelle durchgestellt worden war, wurde er vertröstet. Der zuständige Beamte sei gerade in einem Meeting.

„Das kann dauern, ruf doch später noch einmal an“, hörte er den Mann am anderen Ende der Leitung sagen.

Wie bitte? Später? Zac konnte es nicht fassen.

„Aber es ist ganz furchtbar wichtig!“, rief er. „Es geht um …“

„Sicher, sicher", unterbrach der Polizist ihn. „Aber ich habe gerade wirklich keine Zeit, ich muss zu einer Vernehmung."

Verdammt, man nimmt mich nicht ernst!, durchfuhr es Zac. *Die halten mich für einen Spinner oder einen Wichtigtuer!*

„Ich kann mir aber mal deine Nummer notieren", bot der Beamte gnädig an. „Dann ruft der Kollege vielleicht zurück."

Vielleicht? Na toll!

Zac versuchte, dem Polizisten noch einmal zu erklären, dass er weder völlig gaga noch ein Schwätzer war, aber der Beamte würgte ihn zügig ab. Er habe schließlich noch anderes zu tun.

Deutlich erfolgreicher war Co bei ihrem Gespräch gewesen.

„Pia und Till kommen gleich", sagte sie zu ihrem frustrierten Bruder. „Sie machen sich direkt auf den Weg zu uns, haben sie gesagt. Und Dörner wird ihrer Meinung nach keine Chance haben, mit dem Uran zu türmen! Dafür sind die Sicherheitsvorkehrungen in Frankfurt viel zu gut."

„Hm, da könnten sie Recht haben", sagte Zac, dessen Laune sich besserte. „Trotzdem müssen wir erreichen, dass uns die Polizei ernst nimmt!"

Co war optimistisch. „Dafür werden unsere Eltern schon sorgen."

Na, hoffentlich, dachte Zac und blickte zwischen zwei hübschen Mädchen zur Straße. Nach wie vor fürchtete er, dass Dörner, diese Frau Wredenstein oder einer der Labormitarbeiter auftauchen könnten.

Nein, niemand zu sehen.

Doch Stopp, was war denn das? Da war eine Gestalt hinter einem geparkten Lieferwagen, die sich blitzartig zurückzog, als der Junge in diese Richtung schaute.

Für einen Moment glaubte Zac, in der Gestalt den Kurier Cenu zu erkennen. War das möglich? Belauerte der Kurier Co und ihn?

Jetzt kamen zwei Männer in Monteuranzügen und stiegen in den Wagen. Ein Dieselmotor dröhnte, dann schob sich der Wagen aus der Parklücke.

Kein Cenu. Zac hatte sich wohl geirrt.

Die Eisbecher kamen und der Junge war für einen Moment abgelenkt.

Doch nach dem dritten Löffel kehrten Zacs Gedanken wieder zu dem mysteriösen Fall zurück.

Wieso, fragte sich der Junge, *wieso glaubt Dörner eigentlich, das Uran vom Flughafen aus schmuggeln zu können?*

Gerade Dörner musste doch wissen, dass die Gefahr, dort entdeckt zu werden, sehr hoch war! Wieso ging der Beamte dieses extreme Risiko ein? Oder hatte er noch einen Trumpf im Ärmel?

Zac rief sich das Gespräch zwischen der Laborchefin Wredenstein und dem Mann in Erinnerung, bei dem es sich vermutlich um Dörner gehandelt hatte.

Beim fünften Löffel hielt der Junge plötzlich die Luft an.

Vielleicht wollen die Täter gar nicht zum Frankfurter Flughafen!, dachte er. Womöglich hatten sie ein ganz anderes Ziel.

In einer Stunde geht es los. Von Friedrichsdorf aus. Das hatte der Mann zur Laborchefin gesagt.

Friedrichsdorf …

„Co!", rief Zac aufgeregt und ging mit seinem Smartphone online.

„Was denn?"

„Vergiss den Frankfurter Flughafen", murmelte er, während er Friedrichsdorf googelte. Bei Wikipedia fand er einen Eintrag.

„Wredenstein und ihr Komplize haben doch einen Ort namens Friedrichsdorf erwähnt", erklärte Zac dabei. „Bei Wiki steht, dass diese Stadt im Hochtaunuskreis liegt, etwa zwanzig Kilometer nördlich von Frankfurt! Hier wurde übrigens ein gewisser Philipp Reis geboren, ein Physiklehrer und Erfinder des Telefons."

„Wunderbar ..." Co klang eher gelangweilt.

„Warte!", rief Zac, der vor Aufregung regelrecht glühte. „Ha, da steht's: In Friedrichsdorf gibt es einen Hubschrauberlandeplatz! Dörner will gar nicht vom Frankfurter Flughafen aus mit der heißen Fracht fliegen, sondern von Friedrichsdorf!"

„Irre!", rief seine Schwester. „Hoffentlich kommen Pia und Till bald!"

Zac schüttelte den Kopf. „Das wird zu knapp. Bis die beiden hier sind, ist Dörner vielleicht schon über alle Berge! Und die Polizei reagiert nicht."

„Stimmt", meinte Co. „Wir müssen etwas unternehmen!"

„Genau, und zwar sofort", erwiderte Zac und winkte die Kellnerin heran, um zu bezahlen. „Wir leiten Pia und Till nach Friedrichsdorf um und wir selbst nehmen uns ein Taxi dorthin."

Keine drei Minuten später saßen die Geschwister in einem Taxi, das gerade am Kornmarkt vorbeigekommen war.

Der schweigsame Fahrer kutschierte sie in Richtung Norden bis zu ihrem Ziel, das in der Nähe der Autobahn 5 lag.

Unterwegs rief Co ein zweites Mal ihre Eltern an. Die Reporter versprachen, ebenfalls nach Friedrichsdorf zu kommen, und schärften Co ein, um alles in der Welt vorsichtig zu sein.

„Natürlich“, antwortete sie.

Zac, der vorn saß, warf unterdessen einen verstohlenen Blick auf den Taxameter.

Mann, die Fahrt wurde richtig teuer! Co und er würden ihr gesamtes Bargeld zusammenkratzen müssen, um den Fahrer zu bezahlen, fürchtete er.

Irgendjemand hupte und Zac schaute in den Rückspiegel. Hinter das Heck ihres Taxis hatte sich gerade ein roter VW gequetscht und dabei offenbar den Fahrer eines Transporters ausgebremst. Der Mann in dem kleinen Lkw schüttelte die Faust durchs offene Fenster. Der Fahrer des VW war nicht zu erkennen, weil sich die Sonne in der Scheibe spiegelte.

Weiter ging die Tour. Doch immer wieder standen sie vor roten Ampeln und Zac kam es so vor, als würden sie überhaupt nicht vorankommen. Es war zum Verrücktwerden!

Als der Verkehr erneut stockte, blickte der Junge abermals in den Spiegel.

Der rote VW war nach wie vor hinter ihnen. *Reiner Zufall,* dachte Zac und wollte wieder nach vorn schauen. Doch er hielt inne. Denn jetzt konnte er erkennen, wer am Steuer saß!

Zac stockte der Atem.

Er drehte sich zu seiner Schwester um. „Cenu ist hinter uns!“, alarmierte er sie.

„Nicht zu fassen“, stieß sie hervor. „Woher hat der Kerl überhaupt das Auto?“

„Bestimmt gestohlen“, antwortete ihr Bruder. „Ich hatte in der Eisdiele schon den Verdacht, dass er uns beobachtet.“

„Du hast gar nichts gesagt ...“

„Ich war mir nicht sicher“, erklärte Zac. „Aber warum verfolgt er uns überhaupt?“

„Vielleicht hofft er, dass wir eine heiße Spur haben und ihn zu den Hintermännern führen“, tippte seine Schwester. „Und dann ...“

„Moment mal“, fiel ihr der bis dahin so stille Taxifahrer ins Wort. „Gestohlene Autos, Verfolgung, Hintermänner – was geht hier eigentlich ab? Wenn ihr ein krummes Ding drehen wollt, dann nicht in meinem Auto, ist das klar?“

„Völlig klar!“, sagte Zac schnell. „Sind alles nur Vermutungen.“

Der Fahrer schnaubte, gab sich damit aber zufrieden.

Wenig später kurvte er mit ihnen durch Friedrichsdorf und brachte sie zu einem kleinen Gewerbegebiet.

Zac warf noch einmal einen prüfenden Blick in den Spiegel. Von Cenu und dem roten VW war jetzt nichts mehr zu sehen.

Umso besser, dachte er, sagte aber nichts zu seiner Schwester, um den Taxifahrer nicht weiter nervös zu machen.

„Da vorn ist es“, sagte der Fahrer und stoppte in einer schmalen Straße, die zum hintersten Eck des Gewerbegebiets führte. Drumherum lagen Felder und ein Waldgebiet.

Zac war irgendwie enttäuscht, weil er einen richtigen Flughafen erwartet hatte. Doch das Taxi stand am Rand einer großen, eingezäunten Wiese mit einem gepflasterten Hubschrauberlandeplatz, der durch ein weißes H gekennzeichnet war. Dort wartete ein Helikopter. Dahinter befand sich ein unscheinbares, L-förmiges Gebäude. Auf dem Dach schraubte sich ein Mast in die Höhe, an dem ein rot und weiß gestreifter Windsack baumelte. Die Zufahrt zum Gebäude war mit einer Schranke gesichert. In der Nähe war der Lärm der Autobahn 5 zu hören.

„Braucht ihr ’ne Quittung?“, wollte der Fahrer wissen.

„Äh … nein“, antwortete Zac. Er schluckte, als er den Betrag auf dem Taxameter sah.

Mit Cos Hilfe schaffte er es gerade so, den Fahrpreis zu begleichen.

Dann stiegen sie aus. Der Taxifahrer wendete und verschwand.

„Sind wir wirklich richtig?“, meinte Co zweifelnd. „Hier ist ja völlig tote Hose.“

Auch Zac war unsicher. Kein Dörner, kein Uran. Es war seine Idee gewesen, hierherzufahren. Hoffentlich blamierte er sich nicht bis auf die Knochen!

Doch in diesem Moment stiegen zwei Piloten in den Hubschrauber. Die Rotorblätter begannen sich zu drehen, doch die Maschine hob nicht ab.

Zac und Co versteckten sich schnell in dem Wäldchen und behielten den Helikopter im Auge.

„Die warten bestimmt auf jemanden“, ahnte Co.

„Ja, auf Dörner zum Beispiel“, erwiderte Zac. Vielleicht waren sie hier doch nicht so falsch!

Jetzt ging eine Tür im Gebäude auf und eine sehr große Gestalt erschien, die etwas bei sich trug.

Zacs Augen wurden schmal. Wer war das? Etwa Dörner?

Ja!, erkannte er, als der Mann leicht geduckt zum Helikopter hetzte. In der Hand hatte der Riese einen Rucksack.

„Mist, er entkommt!“, schrie Zac.

Schon war Dörner im Hubschrauber verschwunden. Die Rotoren drehten sich noch schneller. Gleich würde der Helikopter mit dem Beamten abheben.

In dieser Sekunde heulte ein Motor auf. Aus den Augenwinkeln sah Zac, wie ein Auto auf das Firmengelände zuschoss.

Es war ein roter VW!

Cenu!, durchfuhr es den Jungen.

Mit Vollgas bretterte der Kurier in den Maschendrahtzaun, der das Flugfeld umschloss. Es gab ein peitschendes Geräusch, als das Hindernis nachgab.

„Mein Gott, was hat Cenu vor?“, brüllte Zac.

Die Kufen des Hubschraubers lösten sich vom Boden, während der VW heranjagte.

Der Helikopter gewann etwas an Höhe und schwebte ungefähr einen Meter hoch.

Das war der Moment, in dem Cenu das Auto in die Kufen des Hubschraubers krachen ließ. Der Helikopter kippte und die Rotorblätter berührten die Steine des Landeplatzes. Funken flogen, Metallteile wurden abgerissen, schossen umher und trafen auch den VW, der mit verbeultem Dach und zersplitterter Heckscheibe über den Platz schlingerte.

Der Hubschrauber lag qualmend auf der Seite, der Motor erstarb. Die beiden Piloten und Dörner krabbelten aus der Maschine und hetzten über das Flugfeld.

Da gab es eine heftige Explosion. Der Hubschrauber wurde durch die Wucht der Detonation ein Stück nach oben gerissen und schlug dann wieder auf dem Boden auf. Beim Aufprall verwandelte sich die Maschine in einen rot glühenden Feuerball, aus dem Flammen in alle Himmelsrichtungen schossen. Die Explosion warf auch den VW um und riss die beiden Piloten von den Füßen, die bewegungslos im Gras liegen blieben. Dörner stürzte ebenfalls, konnte sich aber wieder aufrappeln und rannte weiter, den Rucksack an sich gepresst. Er verschwand hinter einer Wand aus Feuer und Rauch.

„Er darf nicht entkommen!“, rief Zac seiner Schwester zu. „Ruf du die Feuerwehr und die Polizei, ich bleibe ihm auf den Fersen!“

Während Co das Smartphone zückte, wurde auch schon die erste Sirene laut.

„Ich glaube, das hat sich schon erledigt“, murmelte Co und sah ihrem Bruder nach, der gerade den qualmenden Trümmerhaufen umkurvte.

Hustend schaute sich Zac um. Die beiden Piloten lagen nach wie vor im Gras. Cenu hing hinter dem Steuer des Autos und schien ebenfalls bewusstlos zu sein. Aus dem Firmengebäude rannten mehrere Männer zum Start- und Landeplatz. Einer von ihnen trug einen lächerlich kleinen Feuerlöscher.

Aber wo war Dörner?

Zac biss sich auf die Unterlippe. Der kriminelle Beamte konnte sich doch nicht einfach in Luft aufgelöst haben!

Plötzlich lächelte der Junge. Er hatte den Riesen entdeckt!

Wo hat sich der Täter versteckt?

Schau dir das Bild gut an und notiere den Buchstaben und die Zahl des Quadrats, in dem das entscheidende Detail zu sehen ist! Das ist der Lösungscode für die elfte Rätselfrage. Trag ihn hinten im Buch bei der elften Rätselfrage und im Gesamtcode ein!

5
6
7
8

Das Geständnis

Zac rannte zu einem der Männer, die aus der Firma gekommen waren.

„Sie müssen mir helfen!", bat er. „Der Kerl, der für das ganze Chaos hier verantwortlich ist, hat sich dort hinter dem Baum versteckt!"

„Hä?"

Zac deutete auf die kleine Grünfläche direkt neben dem Firmengebäude. Sobald ihm klar wurde, dass er entdeckt worden war, kam Bewegung in den Polizisten. Mit dem Rucksack rannte er in Richtung Autobahn los.

„Der da?", fragte der Mann von der Firma. Er wurde knallrot vor Wut. „Der hat unseren Hubschrauber gechartert und seine Piloten haben ihn gleich komplett zerlegt! Der Typ hat mir einiges zu erklären!"

„Gute Idee!", meinte Zac. „Dafür müssen Sie ihn aber erst einmal stoppen."

„Das schaffe ich nicht allein", erwiderte der Mann

und wollte seine Kollegen heranpfeifen. Doch die halfen gerade den verletzten Piloten und Cenu.

„Verdammt, alles muss man selbst machen!“, fluchte der Mann, doch da jagte schon ein erster Streifenwagen mit eingeschaltetem Martinshorn heran.

Zac lief zu den Beamten und erklärte, was passiert war. Die Polizisten wendeten und verfolgten den Kommissar. Eine halbe Minute später bremsten zwei weitere Polizeiautos, zwei Einsatzwagen der Feuerwehr und ein Sanitätswagen. Die Feuerwehrleute kümmerten sich um den nach wie vor brennenden Helikopter und die Sanis um die Verletzten. Gleichzeitig sperrten die Polizisten den Tatort ab. Einige Schaulustige hatten sich bereits eingefunden.

„Presse, wir sind von der Presse!“, erklang eine wohlbekannte Stimme. „Bitte lassen Sie uns durch!“

Zac und Co stellten sich auf die Zehenspitzen und erkannten ihre Eltern, die sich gerade an einem Beamten vorbeiquetschten.

„Gott sei Dank ist euch nichts passiert!“, riefen Pia und Till. Erleichtert schlossen sie ihren Nachwuchs in die Arme. Dann schoss Pia sofort ein paar Fotos.

Anschließend mussten Zac und Co ihren staunenden Eltern berichten, was sich alles ereignet hatte. Währenddessen wurde der Hubschrauber gelöscht und die beiden Piloten kamen mit Rettungswagen ins Krankenhaus. Beide waren nur leicht verletzt, erfuhren die Ferencis. Cenu schien hingegen wieder fit zu sein. Er lehnte an dem umgestürzten VW und redete mit zwei Polizisten.

Gerade als Zac und Co mit ihrem Bericht fertig waren, kehrte der Streifenwagen zurück, der vorhin die Verfolgung von Dörner aufgenommen hatte.

„Seht mal, wer da auf der Rückbank sitzt!", rief Co triumphierend.

„Bingo, das ist Dörner!", erkannte nun auch Zac.

„Wenn wir Glück haben, redet er mit uns. Und ein Foto sollte allemal drin sein, Pia", meinte Till und strebte auf das Polizeiauto zu.

Neugierig folgten Zac und Co ihren Eltern.

Als die Ferencis das Auto erreichten, wurde Kommissar Dörner gerade aus dem Fahrzeug gezogen. Groß und breit ragte er neben dem Wagen auf – wie ein Feldherr, der das Schlachtfeld überblickt. Doch Dörner war nun ein Gefangener, er trug Handschellen. Die riesigen Pranken hingen in den stählernen Fesseln schlaff herab, sein Gesicht war ausdruckslos. Den Rucksack mit dem vermutlich brisanten Inhalt hatte ein anderer Beamter, der Handschuhe trug, an sich genommen.

Nun fiel Dörners Blick auf die Reporter und deren Nachwuchs. Prompt verfinsterte sich seine Miene. Seine Laune wurde sogar noch mieser, als ein anderer Beamter den Kurier heranführte. Die Ermittler hatten auch ihm Handschellen verpasst. Cenus Stirn zierte eine Schramme, doch sonst schien er unverletzt zu sein. Im Gegensatz zu Dörner, der ihn jetzt keines Blickes mehr würdigte, wirkte Cenu ruhig und irgendwie erleichtert.

„Mein Name ist Oberkommissar Kern", sagte jetzt einer der umherstehenden Beamten zu Zac und Co. „Danke für eure Hilfe."

Die Geschwister freuten sich riesig.

Deutlich schroffer war Kern zu den Reportern. Erst als Pia und Till ihm klarmachten, dass sie die Eltern von Zac und Co waren, durften sie bleiben.

„Okay, dann wollen wir doch gemeinsam versuchen, schon vor den offiziellen Vernehmungen etwas Licht in dieses Dunkel zu bringen", meinte der Oberkommissar und winkte den Uniformierten mit dem Rucksack heran.

„Was ist da drin?", wollte Kern von Dörner wissen. Seine Stimme war schneidend.

„Finden Sie es doch selbst heraus, werter Kollege", höhnte Dörner. „Das ist doch Ihr Job!"

„Diese Scherze werden Ihnen noch vergehen“, kündigte Kern kühl an und hockte sich neben den Rucksack.

Auch er streifte sich jetzt Handschuhe über, bemerkte Zac.

Mit wachsender Spannung schauten er und seine Schwester zu, wie der Oberkommissar drei Zylinder aus dem Rucksack zog.

„Die sehen ja genauso aus wie das Ding, das Sie am Flughafen beschlagnahmt haben“, staunte Kern.

Dörner verzog den Mund zu einem schiefen Grinsen. „Gut erkannt.“

„Es waren ja auch *vier* Zylinder mit Uran in dem Koffer, nicht nur einer“, meldete sich jetzt Cenu zu Wort.

Vier? Zac und Co schauten sich überrascht an.

„Aber es war doch immer nur von *einem* Behälter die Rede“, sagte Co nachdenklich, die sich noch gut an die Szene erinnerte, als sich Dörner vor laufenden Kameras auf Cenu gestürzt hatte. Mit dem Koffer des Kuriers hatte sich Dörner ein wenig von den anderen Polizisten abgesondert und ihn geöffnet.

Plötzlich ahnte das Mädchen, wie die Sache abgelaufen war.

„Sie haben zuerst allein einen Blick in den Koffer

geworfen!“, sagte Co zu Dörner. „Also wussten nur Sie, wie viele Zylinder tatsächlich darin waren. Einen haben Sie beschlagnahmt, aber die anderen haben Sie ... weiterverkauft, richtig?“

„Genauso war es!“, rief Cenu.

„Halt endlich den Mund!“, raunzte Dörner ihn an. „Woher hattest du überhaupt das Auto? Und das Handy? Garantiert geklaut, oder?“

Cenu nickte. „Ich hatte weder Geld noch Papiere, um mir ein Auto oder ein Handy zu kaufen. Das Telefon habe ich deinem Komplizen gestohlen. Das Passwort habe ich ausspionieren können, als der Dummkopf es eingetippt hat. Und die Karre musste ich stehlen, um dich zur Strecke zu bringen, Dörner!“

Der riesige Beamte machte einen Schritt auf den Kurier zu und musste von zwei Polizisten zurückgehalten werden.

„Bleiben Sie ganz ruhig“, mahnte Kern seinen Kollegen. „Also war die Festnahme am Flughafen nur eine große Show für die Öffentlichkeit, oder? Sie haben zwar einen kleinen Teil des Urans beschlagnahmt, den größten Teil aber sich selbst unter den Nagel gerissen. Wie haben Sie die heiße Ware eigentlich verschwinden lassen?“

Jetzt mischte Zac sich ein. „Das Labor!“, stieß er

hervor. „Dörner sagte doch auf dem Flughafen, dass der Koffer in ein Labor gebracht werden müsse. Dieses Labor gehört einer Frau namens Wredenstein. Sie steckt mit Dörner unter einer Decke! Wir haben die beiden belauscht."

„Seid froh, dass ich euch im Labor nicht in die Finger gekriegt habe", presste Dörner mühsam beherrscht hervor.

Oh ja, das sind wir!, dachte Co und grinste Dörner frech an.

„Die Sache mit dem Labor – stimmt das?", forschte Kern nach.

Dörner schnaubte. Er schwieg.

„Sie wissen ja, ein Geständnis wird vor Gericht immer hoch angerechnet", lockte Kern.

Der Riese durchbohrte ihn förmlich mit seinen Blicken. „Was Sie nicht sagen“, knurrte er. „Aber es stimmt, ich habe den Koffer persönlich ins Labor von Silke Wredenstein gebracht.“

„Und dort wurden drei Zylinder herausgenommen, nur einer blieb im Koffer und wurde auf der Pressekonferenz präsentiert“, kombinierte Co.

Dörner nickte. Er schien sich zu einem Geständnis durchgerungen zu haben. „Ja, das Risiko, am Zoll mit dem Uran geschnappt zu werden, war extrem hoch. Ich brauchte jemand, der für mich dieses Risiko eingeht …“

„Dafür hat du mich verheizt!“, schrie Cenu. „Du wusstest von Anfang an, dass man mich erwischen würde.“

Nun lächelte Dörner kalt. „Richtig. Ich habe dafür gesorgt, dass Polizei und Zoll einen Erfolg feiern konnten. Und gleichzeitig ist es mir gelungen, drei Zylinder sicher ins Land zu schmuggeln."

„Was hatten Sie mit dem Uran vor?", fragte Kern.

„Das sollte in Genua verkauft werden", sprudelte es förmlich aus Zac hervor. „Dort wollte Dörner vermutlich gerade hinfliegen! Wredenstein kündigte an, später nachzukommen, wahrscheinlich mit einem Flugzeug."

Kern klopfte ihm anerkennend auf die Schulter. „Ihr seid wirklich gut informiert!" Dann schaute er wieder zu Dörner. „Und? Was sagen Sie dazu?"

„Diese Kurzen haben leider wieder völlig Recht", sagte er von oben herab. „Ich wollte mich von meinen beiden Mitarbeitern mit der heißen Ware ausfliegen lassen. Die beiden Herren sind ziemlich vielseitig und dürfen sogar einen Hubschrauber fliegen. So hätten wir außerhalb des Flughafens einen kleinen, unauffälligen Stopp fern jeder Kontrollen einlegen und die Ware zum Übergabeort bringen können."

„Apropos Mitarbeiter", sagte Zac, der sich tierisch über die Bezeichnung „Kurzer" ärgerte. „Ich habe die Gesichter der Piloten zwar nicht gesehen. Trotzdem bin ich mir sicher, dass die beiden die Gorillas sind, die uns auf dem Main Tower bedroht und Cenu aus dem Gefängnis entführt haben!"

„Natürlich!", mischte sich jetzt wieder Cenu ein. „Die Typen wollten mich ausschalten, damit ich Dörner nicht verpfeifen kann. Denn ich wusste schließlich, dass es *vier* Zylinder waren! Damit hätte ich Dörner gefährlich werden können."

„Du sagst es", knurrte der Riese.

„Daher auch der Überfall im Hotel", ahnte Co. „Aber woher wussten Sie überhaupt, dass unsere Eltern das Interview mit Cenu machen wollten?" Während sie das sagte, fiel ihr wieder ihr ursprünglicher Verdacht gegen Pressesprecherin Wollny ein.

Dörner grunzte. „Von dieser Wollny", sagte er.

Das versetzte Co einen Stich. „Gehört sie etwa auch zu Ihrer Truppe?"

„Nein, nein. Sie erzählte mir nur von eurem Plan, mit Cenu ein Interview im Gefängnis zu führen. Das war direkt nach der Pressekonferenz. Meine Güte, diese Frau hat ständig Angst vor negativen Schlagzeilen über ihren Flughafen!"

„Tja", scherzte Till, der die ganze Zeit über mitgeschrieben hatte. „Die schlechten Schlagzeilen bekommen jetzt *Sie,* Herr Dörner."

Der große Beamte hob die Schultern, als sei ihm das völlig egal.

„Gut, das sollte erst einmal reichen“, meinte Kern und sorgte dafür, dass Dörner und Cenu zu weiteren Vernehmungen ins Präsidium gebracht wurden. Außerdem schickte er eine Streife los, um Silke Wredenstein festnehmen zu lassen.

„Ich glaube, dass wir uns auch vom Acker machen können“, meinte Pia anschließend.

„Die Fotos sind sicher erste Sahne, oder?“, fragte Zac.

„Und ob!“, erwiderte Pia. „Mir ist nach Feiern zumute. Euch ist nichts passiert, Dörner und seine Komplizen wurden geschnappt, der Fall ist gelöst und wir haben mal wieder eine Superstory!“

„Genau, dank euch!“, meinte Till zu Zac und Co und sorgte mit seinen Worten dafür, dass die beiden um die Wette strahlten.

Frankfurt: Börse, Banken, Boulevards

Kaum eine andere deutsche Stadt hat eine so atemberaubende Silhouette zu bieten wie Frankfurt am Main (es gibt auch noch ein Frankfurt an der Oder). Mit ihren Hochhäusern erinnert sie an eine moderne amerikanische Großstadt.

Tatsächlich ist die Mainmetropole mit ihren rund 700 000 Einwohnern eine hochmoderne Stadt und absolut international. Menschen aus rund 180 verschiedenen Nationen leben hier, jeder dritte Einwohner hat keinen deutschen Pass.

Frankfurt ist schnell, elegant und aufregend. Es gibt feine Boulevards wie die „Zeil", die zu den Einkaufsstraßen mit den stärksten Umsatzzahlen in ganz Deutschland gehört.

Die Stadt ist zudem ein internationales Finanzzentrum mit Spitzenrang. Unter anderem haben hier die Europäische Zentralbank und die Deutsche Bundesbank ihren Sitz. Die vier größten deutschen Geldinstitute (Deutsche Bank, Commerzbank, KfW und DZ

Bank) firmieren in Frankfurt ebenso wie weitere knapp 200 Banken aus dem Ausland. Rund 75 000 Menschen arbeiten im Frankfurter Bankgewerbe.

Erwähnt werden muss natürlich auch die Frankfurter Wertpapierbörse, die wichtigste Börse Deutschlands. Im europäischen Vergleich belegt sie mit Aktiennotierungen im Wert von etwas über einer Billion Euro den dritten Rang.

Weltruf genießt darüber hinaus die Frankfurter Buchmesse mit ihrer 500-jährigen Tradition. Die Messe findet stets im Oktober statt. Inzwischen kommen jährlich knapp 300 000 Besucher.

Ein weiterer wichtiger Wirtschaftszweig ist das Baugewerbe. In Frankfurt gibt es in dieser Branche rund 11 000 Firmen mit etwa 30 000 Beschäftigten.

Viele internationale Firmen aus den Bereichen Werbung, Mode, Chemie und Software haben sich in Frankfurt angesiedelt – in diesen Sektoren kann kaum eine andere deutsche Stadt mithalten.

Für Einnahmen sorgen auch die vielen Touristen aus dem In- und Ausland. Rund 3,5 Millionen Besucher strömen jährlich nach Frankfurt. Damit gehört die Mainmetropole mit München, Berlin und Hamburg zu den beliebtesten Städtereisezielen in ganz Deutschland. Aber auch die Frankfurter selbst mögen ihre Stadt. Bei einer Befragung im Jahr 2010 gaben 84 Prozent an, gerne in Frankfurt zu leben. Nur 13 Prozent würden lieber woanders wohnen.

Dank seiner günstigen geografischen Lage ist Frankfurt auch ein Verkehrsknotenpunkt. Der Frankfurter Airport gehört zu den größten Flughäfen der Welt. Der Hauptbahnhof ist im Bahnverkehr ebenfalls eine zentrale Schnittstelle von internationaler Bedeutung – und nirgends in Deutschland fahren täglich mehr Autos als auf dem Frankfurter Kreuz.

Doch Frankfurt auf seine Wirtschaftskraft zu reduzieren, wäre falsch. Denn auf der anderen Seite ist die Stadt am Main urgemütlich. In den unzähligen Apfelweinkneipen trifft man sich in teilweise fast noch dörflich anmutenden Stadtteilen. Dort ist nichts zu spüren von der Hektik in den Banken und den großen Konzernen. Frankfurt ist zudem sehr grün, es gibt zahlreiche Parks.

Bemerkenswert ist darüber hinaus das kulturelle Angebot. Am sogenannten Frankfurter Museumsufer finden sich das „Museum der Weltkulturen", das „Städel" mit seinen rund 3000 Gemälden und das „Museum für Angewandte Kunst", um nur drei bekannte Häuser zu nennen.

Nicht unterschlagen werden darf eine Schattenseite Frankfurts. Vergleicht man bundesweit alle Städte mit über 200 000 Einwohnern, so werden in Frankfurt die meisten Straftaten bezogen auf die Einwohnerzahl registriert. Allerdings sollte diese Statistik genau angeschaut werden. Zwar belegt Frankfurt bei Drogendelikten tatsächlich den bundesweiten Spitzenrang. Bei Gewaltverbrechen wie Mord, Totschlag oder Raub aber befindet sich die Mainmetropole im deutschen Vergleich im Mittelfeld. Frankfurt als die „Hauptstadt des Verbrechens" zu bezeichnen, ist demnach falsch. Ein Besuch der Mainmetropole lohnt sich unbedingt und ist genauso „gefährlich" wie der Besuch anderer deutscher Großstädte!

Deine Lösungen der Rätselfragen

Rätselfrage 1: _ _
Rätselfrage 2: _ _
Rätselfrage 3: _ _
Rätselfrage 4: _ _
Rätselfrage 5: _ _
Rätselfrage 6: _ _
Rätselfrage 7: _ _
Rätselfrage 8: _ _
Rätselfrage 9: _ _
Rätselfrage 10: _ _
Rätselfrage 11: _ _
Dein Gesamtcode: _

Schick den Code an folgende Adresse. Unter allen Einsendungen wird monatlich ein Buch- und Spielepaket verlost.

Ravensburger Buchverlag Otto Maier GmbH
Stichwort: „Zac & Co“
Postfach 2007
88190 Ravensburg

Spannende Links zu diesem Abenteuer

Ganz allgemeine Informationen über Frankfurt bekommst du unter: **www.frankfurt.de**

Wenn du mehr über den Frankfurter Flughafen erfahren willst, dann schau doch mal nach unter: **www.frankfurt-airport.de**

Über die Arbeit des Zolls informiert sehr gut der Link: **www.zoll.de**

Eines der interessantesten Bauwerke der Mainmetropole ist zweifellos der Main Tower. Wenn du dazu gern weitere Informationen hättest, klick doch mal auf: **www.maintower.de**

Lust auf Kunst und Natur? Wenn du zum Beispiel mehr über den schönen Bethmannpark erfahren willst, dann kannst du dich unter: **de.wikipedia.org/wiki/Bethmannpark** informieren.

Der womöglich berühmteste Sohn der Stadt Frankfurt ist Johann Wolfgang von Goethe. Der Dichter wurde am 28. August 1749 in Frankfurt geboren –

und zwar in der Straße Großer Hirschgraben. In seinem Geburtshaus gibt es ein interessantes Museum. Über dieses „Goethe-Haus“ informiert sehr gut: **www.goethehaus-frankfurt.de**

Oder hast du eher Appetit auf die Frankfurter Küche? Leckere Rezepte findest du unter: **frankfurt-interaktiv.de/frankfurt/rezepte/rezepte.html**

Hast du gewusst, dass Frankfurt ein eigenes Kindermuseum hat? Schau dich doch mal auf der Seite **kindermuseum.frankfurt.de** um. Dort bekommst du Infos über das Programm. Geboten werden Ausstellungen, Führungen und jede Menge Wissenswertes über Frankfurt!

Sehr lohnend ist auch die Seite **www.frankfurt-fuer-kinder.de** mit vielen Tipps für Ausflüge, Schwimmbäder oder Aufführungen!